躍る日差しの中の子供達

Yuko Yoshimi
吉見侑子

文芸社

目次

躍る日差しの中の子供達

マシュマロのようなヒロシの掌をわたしは両手で包んだ。

「ねえ、先生に顔見せてちょうだい」

ヒロシは素直に顔を上げたが、視線は逸らしたままであった。先程のトオルと並んで、校舎を背に笑い合っていた顔でない。

「ねえ、ヒロシ君、君はお母さんに毎朝、学校に行きたくないって言うんでしょ」

「……」

「どうして、そんなこと言うの。訳を先生に、そっと教えて……」

ヒロシは預けた掌を握ったり開いたりしている。わたしはベンチの高さに積み上げたブロックに腰掛けていた。ヒロシは居心地悪そうに俯いているが、視線は定まらず目玉が動いている。

「先生の顔を見て。先生、今、どんな顔している?」

ヒロシは、何言ってるのという表情でわたしの目を覗き込んだ。

「先生、悲しそうな顔してない?」

「してる」

「お母さんも、君が学校に行きたくないなんて言うと、悲しそうな顔するでしょ」

躍る日差しの中の子供達

「怒る」

「そうよねえ、先生だって怒るわ。悲しくてどうしてって腹が立って怒りたくなるわ。みんな楽しそうに学校に行っているのに、自分のかわいい子が学校行かない子になってしまったら、どうしようと心配で怒るのよ。お母さんを心配させちゃかわいそうだと思うでしょ」

「分かんない」

「ヒロシ君、学校が嫌い？」

「好きだよ」

「そうよねえ、教室で楽しそうだもの。それなのに、なぜ、毎朝、行きたくないなんて言うの？　訳があるんじゃない？」

ヒロシは頷いた。と、間を置かずにわたしの顔色を窺う表情を見せ、慌てて頭を振った。

「え？　どっち？」

「訳なんてない!!」

ヒロシは又、故意に視線を逸らし始めた。

昨日から、家庭訪問が始まった。入学してから一ヶ月たっている。

ヒロシの家は昨日回った六軒の中で一番学校に近かった。能率よく訪問して回るには子供達に順番に迎えにきてもらうに限る。

「御飯食べたら、学校迄迎えにきてくれないかなあ」

ヒロシの家には一時半に伺うと連絡済みである。頃合を見て迎えに来てほしい。

ヒロシは他の子と同じように、笑顔で承知してくれた。

ヒロシはランドセルをがたつかせ、すっとんで帰った。

そして、三十分後に現れた。

わたしが掃除を終え、机や椅子を並べていると、掃き出し窓の辺りに何やら動く気配がする。這いつくばるようにして覗くと、ヒロシの顔がそこにあった。ヒロシは四つん這いになって覗いていた。お互いにびっくりし、奇声を上げた。そして、わたしは大声で笑った。

「びっくりさせないでよ」

ヒロシは声を出さず恥ずかしそうに微笑した。

「ここから入っていい?」

「特別よ。みんなにナイショ。こんなとこから出入りすると、蹴飛ばされたり、ぶつかったりして大怪我するから二度としないでね。約束できる?」

「うん」

ヒロシは頷き、首を床にすべらせるようにして教室に入ってきた。

「じゃあ、先生と指切り。みんなにナイショ。そして、ヒロシ君も、これっきりで、ここから出入りしない。ね」

ヒロシは掌をズボンで拭い曲げているのか伸ばしているのか分からない小指を出した。

わたしは、親指、人差し指と順に折っていき、一本だけ伸びた小指を見せた。ヒロシはにやにやしながら、繰り返し指折り練習を始めてまたたく間に上手に伸ばした小指を出せるようになった。

「さあ、指切りしましょ」

わたしが言うと、ヒロシは指切りすることがこんなにも楽しいのかと思うぐらい燥ぎそしていじらしくなる程真剣に小さな小指をからませてきた。

「僕、みんなに言わないよ。約束する」

ヒロシは約束の時間より一時間近くも前に現れたのだった。

「困ったわねえ。先生おひるまだなのよ。ちょっと早過ぎちゃったわよ」

「だって、ぼくいいんだもん。早くったっていいの。待ってるから」

「おひる教室じゃなくて、職員室で食べるんだけどなあ」

「いいよ、職員室で食べて。先生、お腹空いたでしょ。早く食べてきなよ」

「一人で大丈夫かなあ。教室にも校庭にも誰もいないわねえ」

「平気だよ。僕、一人ぽっちでも平気なの」

「じゃあ、雲梯の練習でもしている？　先生出来るだけ早く行くわ」

「分かった」

ヒロシは大きく頷いた。

今日、体育の時間、雲梯遊びをさせたのだが、ヒロシは片手でぶら下がれない一人だった。猿のように片手で移動し燥ぐ子供達の中でぶら下がれない子はかわいそうだった。

わたしはヒロシを抱き寄せ、掌をいっぱいに広げて頭に置いた。ヒロシの生温かい汗ばんだ坊主頭はわたしの掌にすっぽり入る。髪の切り口が掌に心地よい。

わたしはヒロシの頭を撫で回した。ヒロシはわたしを見上げている。

色白で目も鼻も口も丸くぽってりしている。鼻の穴まで丸い。そのまん丸の穴の片方から鉛筆の太さの青洟が一センチ五ミリ程出ている。青洟の長さはいつも同じで口に届くことはなく、そして引っ込んでいることもない。わたしはポケットからティッシュを出し、鼻に当て棒洟の出てない鼻孔を押え「ちん」と言った。洟は片方からのみ出た。

「僕、捨ててきます」

一年生は、アレッと驚くような、それまでと違う言葉遣いをすることがある。このときもわたしはそう感じ、微笑んだ。

ヒロシはまるまったティッシュを汚なそうに指先で摘んで取ると、恥ずかしそうに弱々しく笑い、教室の出入口脇にあるゴミ箱に駆け寄って投げ捨てた。

「ヒロシ君、足の裏見てごらん」

ヒロシは一本足で立ち、片足を両手で抱えピョンピョン跳びながら靴下の底を見た。

「あっ、汚れてるう」

足を替えて、もう片方も同じ姿勢で見た。真っ白のソックスの底は、ワックスでてかてかになり、黒々と汚れている。

「ヒロシ君は昇降口から、靴下で廊下のお掃除してきたのよ。学校はお家とは違います。上履きを履くのを忘れてはいけないわ。靴下では滑ります」

最後まで訊かずヒロシは昇降口に向かって駆け出していった。わたしは小さな背中に向かって怒鳴った。

「今朝の先生の話、忘れちゃったのォ?」

ヒロシは慌てて右側に寄り、大きく手を振り歩き出した。体は前につんのめり、へっぴり腰である。幼稚園児でも二年生でもない、入学したばかりの一年生の歩き方だ。

ワックスの塗ってあるPタイルで新入生はよく転ぶ。今朝も転んだ女の子が前歯を折って保健室で救急車を泣きながら待っていた。ホームルームの時間、その話をし、靴下のまま歩かない。走らない。右側を歩く。と話したのだった。

ヒロシは靴箱の前まで行くと振り返り、中腰になってVサインをした。子供達はなにかにつけVサインをする。わたしも腰を落として腕を突き出し、お返しした。

躍る日差しの中の子供達

ヒロシは職員が出入りする玄関で待っていた。昼食を済ませたわたしは、同僚が入れてくれると言うコーヒーに未練を残しながら、ヒロシのところに急がねばと職員室を出た。その先十米程のところに玄関はある。

ヒロシは、首をぐーんと前に伸ばし、四つん這いになってこちらを窺っていた。

わたしは急いで来たつもりだが、ヒロシにはさぞ長い時間だったのだろうと、微笑ましいやら、すまないやらの気持ちになる。

わたしを認めると、ヒロシは立ち上がり、校庭に走り出ていった。そしてわたしが靴を履き替えたとき、又玄関まで迎えに来たがわたしより先に走り出て行き、雲梯に両手でぶら下がって「先生!」と呼んだ。

ヒロシの家は、この辺りではここだけになってしまった学校に隣接した畑の向こう側にあった。畑は野球場が出来るぐらい広い。その畑には今、大きなキャベツが蝟引きしたような厚い青葉に包まれてごろごろしている。青虫に食い荒らされたキャベツもあり、糞のにおいで青臭い。キャベツの上では無数の紋白蝶が飛び交っていた。蝶はわたし達の歩いている舗装されていない凸凹道にも飛んで来る。するとヒロシは蝶を追いかけて跳んでいく。行ったかと思うと、たどたどしくスキップらしき歩調で戻ってきたり、道の凸凹に合わせて踵立ちしたり、爪先立ちしたりしてわたしを待つ。

「ヒロシ君、先生、ヒロシ君とお話ししながら歩きたいな」

「いいよォ」

「ヒロシ君、誰と仲良し？」

「……」

「幼稚園からのお友達は誰なの？」

「いない」

「いない？」

「うん、いないよ」

「どうして？」

「分かんない」

「学校から帰ったら何してるの？」

「うんとねえ、うんと……、ファミコンしてる」

ヒロシはスキップしながら前に行き、振り返って言った。

躍る日差しの中の子供達

「学校じゃみんなと遊んでいるじゃない。家に帰ってからは遊ばないの？」

「うん、遊ばない」

ヒロシは又、スキップをして前に行く。

「他の子は、帰ったら、又、遊ぼうって約束してるじゃない。君は誰とも約束しないの」

「しない」

「一人で遊ぶより友達と遊んだ方が楽しいと思うけど、ヒロシ君は一人の方がいいの？」

わたしはヒロシの背中に向かって言った。ヒロシは向きは変えなかったが立ち止まった。

「だって、みんな、僕と遊んでくんないんだもん」

思いがけない言葉が返ってきた。

「え？　どうして？」

「分かんないよ」

とこちらを向いた。

「学校では、みんな仲良くしているのに、家に帰ってからは遊んでくれないなんて……」

「先生のいるときだけだよ。でもね……」

ヒロシは次の言葉を言いよどんでいる。

わたしは学校でのあらゆる場面を思い出していた。入学早々から気になっていたトオルのヒロシを見る顔つきがクローズアップしてくる。

「誰か苛めっ子がいる?」

いつの間にか、わたしはヒロシと手を繋いでいた。その手がぎゅっと引っ張られた。わたしは返事を期待した。

「ええとねえ、……。ええとねえ。……。やっぱ誰も苛めっ子じゃないよ。僕いいの。平気なんだ。意地悪されたっていいんだ」

六才。一年生とは思えないその言葉にわたしはたじろぎ、ヒロシの顔に影を捜した。だがヒロシの目は澄み、口元は柔く微笑し、教師のわたしが恐れる悲しげな顔はしていない。

ヒロシは又、近くまで飛んできた蝶を追いかけていってしまった。

ヒロシの家はレンガタイルを貼った鉄筋造りで建っていた。門から玄関迄四、五十米はありそうだ。

素人目にも手入れの行き届いた庭である。刈込まれた植木、配置よく置かれた巨大な石。重厚な門扉。回りの住居とは一風異なる邸宅である。

今、保護者の出す家庭調書に職業欄はない。わたしは、この家の主の職業を想像した。

ヒロシはわたしを玄関口まで連れていくと自分は勝手口に回った。

マホガニーの扉が音もなく開いた。

けたたましい犬の鳴き声。

ギラギラ光る猫の目。

わたしは中に入ることも出来ず立ち竦んだ。緑青色のタイル床の玄関は三和土だけで十畳ほどの広さがあり、藤製のテーブルセットが置いてある。そのテーブルの上にも椅子にも猫がいる。

ヒロシによく似た母親が猫を抱いて現れ、又、ひとしきり犬共がキャンキャン、ワンワン鳴き出し、猫は唸った。いったい何匹いるのだろう。

わたしは恐る恐る中を窺いつつ入った。

「犬や猫はお嫌いですか」

「……ええ……まあ、ずいぶん多いんですすねえ」

「そう、お嫌いですか、じゃ、しばらく待っててくださいね。うるさいのを部屋に入れますから」

好きも嫌いもない。もうこの数だけでお手上げだ。母親は犬だか猫だかの名を呼び続けた。一匹去り、二匹去り、多分、名を呼ばれ犬や猫が去っていくのだろう。その間も、何匹かの犬はわたしに吠え掛け、唸る。そして、立ち尽くすわたしの脚に生温かい体で擦り寄ってくる。わたしはストッキング越しに毛触りを感じると、気味悪さに叫び出したくなるのを堪えて、足を踏み替え、片足立ちしては降ろす場所を求めてよろよろした。そしてわが家の犬に言うように「ハウス」と言ってみたり「ノー」と言ってみたりしたが反応はまるでなかった。

こんなに残ってる。部屋に入れられたのは何匹なのだと、わたしは思ったが、再び母親が現れたとき、犬も猫も静かに蹲った。母親は背もたれのある椅子に横になっていた猫を抱え上げると、その椅子をわたしにすすめた。椅子は生温かった。


入学して一ヶ月、担任として子供のことはまだ分からない。そこで、学校では元気ですよと話し、ところでお家ではいかがでしょう、と話をもっていくのが普通だ。

「ヒロシは、落ち着きのない子で――」

「それが普通ですよ。じっとしていられないエネルギーを持っているんです。元気で子供らしいんですね」

わたしは自分に言いきかせるように言ったものの、面映ゆかった。評論家でない現場の教師は耳触りのよいことを言って、その場を逃れることは許されない。

現実が、責任を取れと追いかけてくる。

子供はどの子も落ち着きがないというわけではない。一年生でも落ち着いて学習出来る子が沢山いる。生まれて六年しかたっていないのにさまざまな特性や差を見せる子供達。個性を尊重します等と物分かりよさそうに振るまってばかりはいられない。個性の強い子のために、順応性のある優しい心根の子の才能が押さえられてしまうのは困る。

教師は体験に照らし合わせながら、より良い指導をと模索する。これから長い将来のある子供達。一人一人の能力は未知数だ。教師の手助けなどなくても、その子の生まれ待った能力で大成していく子供もいるだろう。しかし指導の良し悪しで生活態度が変わり、学力に差が出、そのことで子供の将来が左右されることもあるのだ。

教師になるとは恐ろしいことだ。

教師に指導を見放され続け、学校を出たとき――。


ヒロシは確かに落ち着きがなかった。授業中席を離れて歩き回る。話を聴かないので、早とちりをしたり、取り掛かりが遅く、慌てふためく。しかし、まだ入学して一ヶ月。今母親にそれを言っても心配させるだけだ。もう少し、わたしの方で指導し、家庭の協力が必要と思ったとき話すとしよう。


「迷惑掛けてすみません」

「え？　迷惑？　それが教師の仕事なんですもの。子供達の面倒を見るのも指導なんですから、すみませんなんて言われると――。親御さんが思ってらっしゃる以上に、教師は子供がかわいいんです」

一年生は特にかわいい。ほとんどの子が担任が全てで、全面的な信頼を寄せる。人見知りして、上目遣いに担任を睨んでばかりいる子、誰彼となく喧嘩ばかりしている子、自分が常に優位に立ってないと不安な子、幼児のように甘える子等も中にはいるが、それはそれで六才児なりのどかで計算している一生懸命さがいじらしく、愛しい。

「ヒロシ君、おっとりとしていて、性格がいいですね……」

次に何と言葉を続けよう、天真爛漫、喧嘩をしない、他には——。言い淀んでいると、母親は言った。

「ヒロシはとろいんです。幼稚園でもそうでした。みんなと同じように絵を描いたり、工作したり出来なかったんです。一テンポも二テンポも遅れてしまって、作品を仕上げることが出来なかったんです」

「これから先、変わりますよ。まだ入学したばかりですもの」

「ああ、よかった。あたし、先生に何て言われるか心配していたんです」

「心配なさるようなことがあるのかしら」

「……」

「気になることがあったら、何なりとおっしゃってくださいね。そのための家庭訪問なのですから。こちらに伺う途中でヒロシ君にも訊いたのですけれど、誰かに意地悪されているんじゃないかしら。そのことについてお母さんに何か話していません？」

母親はわたしの顔をじっと見詰めた。

「ヒロシ、何て言いました？」

「それが何も話してくれないんです」

　間の悪い沈黙が続いた。互いに相手の言葉を待っていた。

「ヒロシ、毎朝、学校に行きたくないって、ぐずるんです。登校させるのが大変なんですよ。一日でも休ませたらずるずる登校拒否が続きそうで……。先生どう思われます？」

　え？　何？　どう思われます？　なんて急に言われても答えようがない。原因も分からないのに――。ヒロシの母親が登校拒否児になるのを心配していたことが今、分かっただけだ。

「どうして学校に行きたがらないのか思い当たることありません？　ヒロシ君、学校のこと何か言ってません？」

「――他人様のことは、ねえ……。お互い様ですから」

「お互い様でなくて、ヒロシ君は友達に意地悪するような子でないことは、お母さんが一番御存知でしょう」

「子供のことは――。あたし、あまり他人様のことは言いたくないんです」

「お気持ちは分かります。でも毎朝、学校に行きたくないとぐずるヒロシ君を心配してらっしゃるんでしょ。だったら、思い当たることを

――」

「いいんです。先生に分かっていただいてほっとしました。分かっていただいただけでいいんです」

「待ってください。ごめんなさいね。わたし、分かってないんですけど。だから、お母さんが分かっていることを教えてくださらないと手の打ちようがないんですよ」

母親の中には、自分からは子供のことを話さず、担任から我が子がどのように見られているかのみを訊き出そうとしている者もいれば、我が子の短所を必要以上に報告する者もいる。どちらも困るが案外、後者は愛情深い母親だったりする。サービス精神旺盛のあまりのこともあるし、担任に言われる前にとの勝気さが口をなめらかにさせるのだ。

ヒロシの母親は――。分からない。

とにかく家庭訪問で担任にとろさを指摘されるのではないかと気にしていたが、その件は無事通過。そして、自分から口に出すのは嫌だった、苛めの問題に担任の方から関心を示してくれたのだから、担任がなんとかしてくれるだろうと、もう解決したつもりになったのだろうか。分かってくれたと確認して解決なんて――。

そんなに自分の都合のいいように取らないでほしい、という気持ちを伝えなければとわたしは思った。

「わたしが、ヒロシ君が学校に行くのを嫌がっているのを知ったところで解決したことにはならないんですよ。嫌になる原因を取り除いてやらないと――」

母親は白いデシンのブラウスのヘムのところを指先で弄んでいる。紫色のマニキュアがぽってりした手に映える。紫色の爪先は眉を擦り始めた。ヒロシと同じように眉間が広い。皺一本ない白く艶やかな額に手をやる母親は何か考えているのだろうか。単なるポーズのようにも見える。柔かく閉じたまま微笑む口元は爪の色と同じだ。家庭調書には母、三十五才とある。わたしより一まわり年下だ。

生活を感じさせない母親は、子供とどうかかわっているのだろう。子供とはどういう会話を交わすのかと想いもめぐらす。

「先程も申したように、ヒロシ君、訊いても応えてくれないんで困りました。お宅ではひと様の悪口を話してはいけないと躾けていらっしゃるのですね。それはそれで、いいことなのですけど――」

「ええ、あの子も日曜学校に毎週行っております」

躍る日差しの中の子供達

「御信仰を？」

「ええ、神様のお陰で毎日を心安らかに送らせてもらってるものですから」

「ヒロシ君、どういう風に苛められているか、お母さんには話すんでしょう？」

「いいえ、苛められるから行きたくないと言うだけなんです。神様が見ていてくださるから大丈夫。神様に助けていただこうと親子でお祈りしています」

なんだ、母親も知らないのか。それにしても無信仰なわたしには、かわいい我が子が苛められたと助けを求めているのに、詳しく訊こうともせず神に頼るという心境が理解出来ない。返す言葉もない。

向こうもこちらの出方を待っていて、又、沈黙が続いた。

しばらくして母親は、声のトーンを一段上げて言った。

「せんせ、あのー、あたし、子供の頃、ヒロシと同じように苛められっ子だったんです。あたしも学校に行くのが嫌で嫌で、母を困らせました。だからヒロシの気持ちは分かってるんです。あたしとヒロシは顔も性格も似てるんです」

突飛な言い様に、わたしはぐらかせられた気持ちだったが相槌を打つしか手がない。

「でしょう。落ち着きのないのもそっくり。笑っちゃいますよ。あまり悪いとこばっか、似てるので――。あたしは、もっと、早くしなさい。もっと真面目にしなさいって、担任の先生に叱られてばっかだったんです。叱られるのも苛められっ子の特徴なんですよ。早くしようと努力しているのに、他の子のようには勉強も動作も早く出来ない。鈍いと、不真面目に見えるんでしょうね。叱られまいと泡くって早くやろうとすると落ち着きがないって叱られるんですもの。ヒロシもあたしの子供の頃と同じだと思うんです。でしょう、先生。

でもね、ヒロシが中原先生は優しいよと言うんでほっとしてます」

わたしは苦笑した。わたしは毎日、回りを見てごらん。友達と同じように早くしましょうとヒロシを急かせている。

「大人になってみると、どうして苛められたか、苛めっ子の気持ちも分かるんです」

「あら‼　どういう風に――」

「そう改まって訊かれると困ります。なんとなく、要するに、ちょっと苛めてやろうかなって思われちゃう子なんですよ。とろいくせに、どことなく生意気で、そして弱そうな子です。そんな子が苛め甲斐あるんだと思います」

「ヒロシ君、生意気じゃありませんけど」

「生意気って……ウーン、何て言えばいいのかなあ。広い意味での生意気です。そう、広い意味の——。ここは団地住まいの子が多いから——。ヒロシはされるままで、多分向かっていかないでしょうから」

「向かっていくように言えばいいじゃないですか。相手に苛められっ放しになっていると、相手は図に乗ってきますよ」

「それは本人が決めることですね」

　思いがけない、ぴしゃりとした物言いだった。

「それは御信仰による——」

「ええ、そうです。あたし、高校を出たころから急に強くなったんです。ヒロシもそうなってくれると思います」

　高校を出る迄、あと十二年。今まで生きた二倍の年月。冗談じゃない。

「高校はこちらですか。郷里は？」

「ここ、あたしの生まれた家なんです。十年前建て替えましたけど。見晴し台小学校は、うちの山を削って整地して建てたんです。団地の土地もほとんどは祖父の土地だったのですよ。家、農家だったんです。庄家で地主ですけどね。子供の頃、団地の子に、百姓とか成金とか言ってよく苛められました。

誰でも持っている自転車を買ってもらっても、ナリキンって言われちゃうんですよ。悲しかったなあ。二人の姉達はそんなこと言われたことないというのに。あたしだけしょっ中言われ続けました。今、ヒロシだけ苛められて四年生の娘は苛められたことなどないと言うんです。お姉ちゃんはきつい子だから」

「しっかりしてるんですね」

「ええ、もう、それは——。ヒロシは怒鳴られてばかりいます。今朝も、頭が痛いの腹が痛いのと、どっちつかずのわからんちんを言うヒロシに、ああ分かったよ。お姉ちゃん、中原先生に言っておくよ。ヒロシ、仮病で休みますってね。って言って、ヒロシを置いて行っちゃったんですよ」

「あ、それで、教室に様子を見にきたんだわ。お姉ちゃん、ヒロシ君を捜してました」

「休んだかと心配になったんでしょ。あたしが毎日校門迄連れていくんですけど、あの子はヒロシを甘やかすなと申すんですよ。弟と三つ上だけなのに――」

「結構じゃないですか、お姉ちゃんがしっかりしていて」

「いえ、そちらも心配です。勢い余って苛めっ子になるんじゃないかと」

「お母さんがそういう考えなら苛めっ子にはなりませんよ。ヒロシ君にしっかり者のお姉ちゃんがいてよかったわ。でも、お母さんが学校迄連れてくるのも大変でしょう。一日も早く、友達と登校出来るようにしないと」

「先生、もういいんです。そのうちに」

え？　もういい？　わたしは、噛み合わない会話に落ち着かない気分になっていた。

わたしがヒロシ君は苛められているのではないかと切り出したら、毎日登校させるのが大変で、一日でも休ませたらずるずると登校拒否が続きそうになるのだけど、先生はどう思うかと問うてきた。

そこで登校を渋る原因を突き詰めようとすると、他人様のことは言いたくない。先生がヒロシが学校に行きたがっていないのを分かってくれただけでいいと言う。

どうやら母親は自分が子供の頃ナリキンと苛められたように、ヒロシも苛められてると思っている。

わたしが、母親が学校迄連れてこないでも登校させるにはと相談しようとすると、もういい、と言う。

毎朝、登校を嫌がる子を大変な思いで学校まで連れていくと、家に帰り信仰のもと心安らかに過ごし、次の朝子供が学校に行きたくないと愚図り出すまで気にしない。その繰り返しをいつまで続けるつもりだろう。

わたしは、この母親に、幼稚さと逞しさを感じたが、同時に息子の担任であるわたしを含め他人を裁くことを慮っている優しさも感じた。母親は自分が子供のとき苛められたように苛められていると思っているらしいが、六歳の子が成金と苛めるだろうか。

わたしはヒロシの青洟が気になった。昨今、わたし達は、青洟を垂らしている子にめったにお目にかかれない。

ヒロシの青洟を級友達は不思議がる。

「どうしてあんな色しているの」

「どうして、いつも出てるの」

「気持ち悪くないのかな」

「風邪引いてるの」

と、わたしに訊いてくる。

トオルのヒロシを見る目は特に冷たく、大きな目をしばたたき、小鼻に皺を寄せて見る。

「汚ねえなあ」

と大声を発することもある。

ヒロシの洟は擤んでもすぐ出てくるのだった。そして、まことに不思議なことに同じ長さを保っていた。しかも左からは出ずいつ見ても右からのみ出ていた。

わたしは、ヒロシの洟が子供達の関心の的であることが気になっていた。図工の時間、絵を描いているとき、珍しく長さが保たれず今にも垂れそうだったので『擤みなさい』と言ったことがある。ずるりとした櫂み音に、子供達は一斉にわたしの顔を窺った。わたしは笑顔で取り繕ったのだが、一人が両耳を押さえて「止めてくれえ」と言うと、それに和するように「汚ったなあい」「気持ち悪いよォ」「何て音させんのよ」と言い出した。

色白のヒロシは級友達のその声にみるみる頬を染めた。涙すら浮かべている姿は痛々しくかわいそうでわたしは困ってしまった。

「風邪引いてるの?」

「分かんない」

「病院に行ってる?」

「行ってるよ」

わたしはクラスの子供達に言った。

「ヒロシ君、病院に行ってるそうだから、そのうち洟も出なくなるわ。だから『汚い』って言わないでね。『汚い』って自分が言われたらうれしくなる人?」

「やだあ、あたし恥ずかしい」

「うれしかったら変人だよ、先生」

「僕、この野郎ってぶっとばしたくなる」

「あたし、泣いちゃうよ」

子供達は言った子と聞いた子で互いに顔を見合わせ、頷き合ってはわたしを見る。

「だったら『汚い』なんて言わないでね」

全員が「はーい」と応じる。

一年生は実に素直だ。返事だけでなく、手を上げて見回し、回りを確認する子もいる。トオルの方にいくつもの体が向く。常日頃、トオルのヒロシに対する態度が気になり確かめずにいられないのだ。

「トオル君、お願いね」

わたしの頼みにヒロシも混えた級友が一斉に見詰める中、トオルは頷いた。

見てるとその後も、顔や、体で嫌っている様子を示している。他の子のように近づこうとしない。子供でも相性があるだろうとわたしは無理に仲良くさせることはしなかった。

しかし、苛められていることが分かると、気になるのはトオルだった。

「ヒロシ君、鼻が悪いんですか？」

母親は話題が変わって、え？　という表情を見せた。

「凄、いつ頃から出るようになったんでしょう。治るといいですね」

蹲っていた真っ黒なペルシャ猫がぽんと母親の膝の上に飛び乗った。

母親はまるで赤子を抱くように横抱きに抱いた。

「そうなんです。あの子鼻が悪いんです」

言いながら、落ち着かない猫を両手で脇の下を挟むようにして高く抱き上げた。猫は前脚で空を掻いた。白い手が艶やかな手に食い込んでいる。母親は猫に頬摺りをし、

「病院に通ったこともあるんだけど、治らなかったんだもんね」

と猫に話すように言った。

「今は通院してないんでしょうか」

「ええ、二ヶ月ぐらい通ったんですけどね。治んなかったもんだから、ヒロシだって嫌になっちゃいますよ。大きくなったら治るっておばあちゃんも言ってるし」

わたしはがっかりした。

母親は猫を降ろした。猫は翡翠のような目を光らせてゆうゆうと隣の

部屋に行った。

インターホンが鳴った。子供達だった。次の訪問予定の子供達がふざけている声も聞こえる。

「せんせ、もう時間だよォ」

と言っている。

わたしは、もう一度、耳鼻科に行ってほしい旨を告げて子供達のところに行った。

門を出たとき、わたしは深呼吸をしていた。

躍る日差しの中の子供達

❀❀❀❀❀❀❀❀❀❀❀❀❀❀❀❀❀❀❀❀❀❀❀❀❀❀❀❀❀❀❀❀❀❀❀❀❀❀

家庭訪問の翌日、わたしは帰ろうとするヒロシを呼び留めた。

「先生ね、ヒロシ君とお話ししたいの。すぐ済むから残っていてね」

ヤジ馬達が何だ何だと前にいる子を押し除けてやってきた。

「先生、何の話ですか」

「僕も一緒に残っていい?」

「あたしも、おのこりしたい‼」

「駄目駄目、先生はヒロシ君だけにちょっとお話ししたいの」

ヒロシは困った顔をしている。トオルの鋭い視線がわたしとヒロシを交互に見てる。六才の子とは思われぬ視線だ。

放送が入った。わたしに父兄より電話とのこと。わたしはヒロシに『待っててね』と言い残し職員室に行った。

教室に帰ってみるとヒロシはいなかった。廊下に出ると、こちらを窺っていたと見受ける小さな影が二つすばやく昇降口を出ていくのが見えた。わたしは影を追った。

校庭に出ると、校舎を背にトオルとヒロシが寄り添って立っていた。ヒロシは今まで見せたことのない、うれしくてしょうがないという顔をトオルに向けている。

「ヒロシ君、どうしたの。先生『待っててね』って言ったでしょ。どうして、そんなところにいるの」

ヒロシはトオルの助けを求めるようにトオルに顔を向けたままだ。トオルはつい前までヒロシに笑顔を向けていたのに、そ知らぬ顔になってしまった。ヒロシはベソをかいて下を向いた。

「トオル君、君は先生がヒロシ君に残っているように言ったのを知ってるわね」

トオルは頷いた。

「それなのに、どうして一緒にここにいるわけ?」

「……」

「君が誘ったのね」

「はい。……。だって僕、ヒロシ君と一緒に帰りたかったの」

「ヒロシ君を先生の言うことを聞かない悪い子にしちゃ駄目じゃない。ヒロシ君も悪いけどトオル君も悪いわ。トオル君は先に帰っていいのよ」

「僕、待ってます」

「いいわよ、先に帰って」

「僕、待ってます」

「ありがとう。でもね、先生はヒロシ君のお母さんには遅くなりますって電話したけど、君のお母さんには連絡してないわ。今日は待たないで帰りましょうよ。明日、一緒に帰ったらどう。今日は先に帰って」

強引にわたしはさようならをさせた。

トオルはランドセルをゆすり上げると、しぶしぶ校門に向かった。

今日の日差しは初夏のようだ。わたしは木陰を求めてヤマモモの陰に連れていった。そこにはベンチ丈のブロック積みがある。回りはぐるりとサツキの植え込みである。咲いたばかりのサツキはあまりにも白く、かえって造花のようであった。その真っ白な花が沢山咲いている中に二人で蹲った。

ヒロシは、手を引かれて連れてこられ不満そうであった。わたしと距離を取りたがったがわたしは引き寄せた。

「今朝も、学校に行かないってお母さんを困らせたの?」

ヒロシはそれに応じるそぶりも見せず、又、視線をあちこち走らせ始めた。

わたしはさらににじり寄り、膝をくっつかせ両手を取った。頼りなげな小さな掌だ。むっちりと白く、ほんの少しふくれたり凹んだりして色味を帯びたところが関節のありかを感じさせるマシュマロのような掌だ。生まれて六年しかたってない掌。先日指切りした掌だ。

校門に向かったトオルが、いつの間にか視界より消えたと思ったら、近くのサツキの植え込みの中に隠れて、こちらをじっと窺っているのに気がついた。目から上の部分が見え、目玉が異様に光っている。人間の目もこのように光るのだということをわたしは今迄知らなかった。わたしは、トオル君が意地悪するの？　と尋ね、ヒロシの反応を見ようとしたが止めにした。わたしは大きな声で言った。

「ヒロシ君、お母さんを困らさないで!!　毎日学校に来るのよ。ヒロシ君が来ないと先生寂しいわ。きっと来てね。来なくちゃ駄目よ!!　意地悪する子がいたら先生やっつけちゃうのだけど、一年三組にはそんな子いないわね。みんな優しい子ばっかり。ね。そうでしょ。もし、君に意地悪する子がいたら、先生に言うのよ。先生は君の味方なの。分かった？　中原先生はヒロシ君の味方よ」

ヒロシは俯いて聞いていた。植込みの中の光った目は頭と共に沈んだ。

「お母さんが心配してるわ。もうお話はおしまい。一人だから車に気をつけて帰りましょうね」

ヒロシは「さようなら」と頭を下げると、校門に走っていった。トオルが後ろから呼び掛けたようで、校門のところで振り返りトオルを待ち、並んで出ていった。

わたしは立ち上がって職員室に向かった。

入れ違いにクミとマイがスキップしたり、後ろ向きになって歩いたりしながら、騒ぎ立ててやってきた。わたしを認めると「中原先生」と大声で叫び前屈みに走り寄ってきた。

「先生!! いったいどうしちゃったの。あの子達」

「先生が仲直りさせたの?」

「先生、何もしないわよ」

「だってあの二人、一緒に仲良さそうに帰ったじゃん」

「あら、みんな仲良しでしょ」

クミとマイは顔を見合わせている。

「だって……」

「ね。だってだよね」

「だって、どうしたの」

「中原先生の前ではみんな仲良さそうにするけれど、先生が見てないときは……ねっ」

「そおだよ。先生がいないときは……ねっ」

躍る日差しの中の子供達

二人は両手をとり合い、頷き合い、楽しそうである。

「先生には言わないんだもんね」

「あら、中原先生にも内緒なの？　ああ、先生知りたい、知りたい」

「内緒、内緒、ほんとうは中原先生にだけは教えてあげたいんだけどォ。ねえ、マイちゃん教えちゃおか」

「駄目だよ。先生に教えちゃ、絶対。そんなことしたら大変だよ。あたし達がいじめられちゃうよ。駄目、駄目。内緒、内緒。クミちゃん教えちゃ駄目だからね」

マイのポニーティルの髪が、巾広のリボンと共に揺れ、クミの人形のように細く白い項がリボンと同じリズムで相槌を打つ。

二人はスクエアダンスをするように手を取り合って跳ね回り始めた。楽しそうである。

「トオル君がヒロシ君を苛めてるのね」

わたしの言葉に二人は踊りを止め、驚いた目でわたしを見た。

「ええっ？　誰が教えたの？」

「誰も教えませんよ。先生は何だって分かるのよ」

「すっごい!!」

「どうして分かっちゃうの」

「なぜかしらね。先生だからじゃない。先生になると見てなくったって分かっちゃうの」

大きく見開かれた目玉が四つ、わたしを見上げる。

「ほんとうに、誰からも教えてもらわなくっても分かっちゃうの？」

わたしは大きく頷いて見せ、そして、おもむろに言った。

「ヒロシ君をかわいそうだと思わない？　あなた達。どうしてトオル君に、そんなことしちゃいけないよって言わないの」

「ほんとうだ‼　先生、知ってた！」

二人はまばたきもせず目を見開き、顔を見合わせたり、わたしを見上げたりしている。

「だって先生、ヒロシ君と遊ぶと不良になっちゃうんだよ」

「ねっ、不良になっちゃうんだよね」

「不良って何？」

「先生知らないのォ。フリョオだよ。ね。マイちゃんフリョオだよね」

「そ。フリョオ。悪い奴。ボーソーゾク。うるさい音させてバイクを乗り回すの。それからタバコ吸ったりもする。怖いの。おまわりさんに連れていかれちゃったりもするんだ」

「ヒロシ君、バイク乗れるの」

二人は顔を見合わせた。

「タバコ吸ってる?」

「あたし、そんなこと知らない」

「あたしも」

「でもね。トオル君がね、ヒロシ君のこと不良って言うの。『不良』って言って石投げたりしているよ。そしてね、一緒に遊ぶとね、あたし達も不良になるから遊んじゃいけないって言うの。かわいそうだと思って一緒に遊ぶ子がいると、その子も不良だって言いふらすの。あたし達もヒロシ君と遊んだからって不良って言われちゃったことあるんだよ。そんなこと言われるの嫌だもん。今は遊ばないんだ。ね、クミちゃん」

「ね。不良なんて言われたくないよね。だからトオル君が『不良、あっち行け!!』って言って石投げると、みんなも一緒になって投げるんだよ。不良って言われないように」

「あなた達も投げたの」

「ううん、あたし達は投げなかった。ほんとだよ。投げなかったもん。

そんなことしたらお母さんに怒られちゃう。ね。マイちゃん」

「石を投げたら、あなた達、お母さんに叱られるのね。だったらみんなも同じようにお母さんに叱られるんじゃない？」

「そうだね」

「みんな悪いことしてると思いながら投げてるのね」

「知らないよ、ひとのことなんか」

「石投げるとき、皆んな楽しそうだよ。当てた子なんか、当たった、当たったって喜んでるもん」

「あなた達は？」

「あたし達は投げてないって、さっき言ったじゃん」

「そうじゃなくて、見てて当たったとき、痛かっただろうと思わなかったの？　当たったと喜んでいる子のことをどう思ったの？」

二人は顔を見合わせた。そして言った。

「だって、あたし達投げてないもん」

「お母さんは石を投げるとどうして怒るんだと思う？」

「怪我させちゃうからじゃないの」

「お母さんが怒らなかったら、あなた達も投げる？」

「分かんない」

「クミちゃんは投げないかもね。あたしは男の子に負けたくないから、投げるかもしれない。だって楽しそうだもん」

「何が楽しそうなの」

「逃げるのに石をぶつけるなんてテレビゲームみたいじゃん。面白いよ」

「あたしもそういうゲームやったことある。犯人が、バタッて倒れるの」

「ヒロシ君は犯人じゃないわ」

「だって不良だもん」

「不良って、トオル君が言っただけでしょ。あなた達も不良って思っているの？」

二人は目を合わせ頷き合っている。

「だってね」

「そうだよ。だってだもん。みんなヒロシ君のこと不良って言うもん」

「みんなが言うから不良だよ」

「先生はヒロシ君不良なんて思わないわ」

「先生ってそう言うんじゃないの」

わたしは幼女の面影の濃い二人を見詰めた。

「それからさあ、先生は、そんなこと言ってはいけないって言うけど、湊は汚いよ。ねえ、クミちゃん」

「そうそ、汚いよ。みんな臭いって言ってるよ」

「ヒロシ君、臭い?」

「うん」

「何臭い?」

「分かんない」

「だけど、何か臭いんだよね」

「それもトオル君が言い出したの?」

「分かんない。いつも言ってる。でも、先生がいないとき、ヒロシ君がそばにいると、くせぇ、くせぇと鼻つまんで嫌な顔してるよ」

臭い。そう言えばヒロシの家は犬のにおいがしたっけ。団地アパートで生まれ育ち、犬など飼っていない子には、沢山の犬や猫に囲まれて生活し、身にしみついてしまった動物のかすかなにおいが異臭として敏感にキャッチされるのだろうか。それとも青湊のにおい?

躍る日差しの中の子供達

　その夜、わたしは、家庭医学書のあれこれを書棚から降ろし、洟の病気の欄を丹念に見た。ヒロシの青洟の原因は確かに分からなかったが、洟汁の中に悪臭のする洟もあることが分かった。子供達の言う臭いは犬だろうか洟だろうか。

　翌朝、わたしは登校してくる子供達の肩を一人一人抱いて、朝の挨拶をした。子供達は今まで気づかなかったが様々のにおいがした。洗剤のにおい。焼魚やニンニク等食べ物のにおい。香水や化粧品の香りのする子も何人かいる。干し草や夕もやのにおいのする子もいる。おしっこ臭い子もいる。においは衣服と頭髪から感じられた。頭髪が汗臭い子もいたが、ほとんどはシャンプーのにおいだった。ヒロシは衣服からの柔軟剤のにおいがした。さわやかなにおいであった。

　犬のにおいはしなかった。しかし、日によってはかすかにキャッチされる日もあるのかもしれない。柔軟剤の香りを子供達は「臭い」とは言わないだろう。

その日の放課後、わたしは帰ろうとするトオルに言った。

「今日描いた絵、貼るの手伝ってよ」

「僕、早く帰らないとお母さんに怒られる」

トオルはランドセルを背負おうとした。

「大丈夫、先生が謝るから」

傍らにいた級友達が騒ぎ出した。

「先生、先生、僕のうち平気。先生のお手伝いしたって言うもん。お母さん怒らないよ」

「いいな、トオル君。僕、替わってあげてもいいよ」

「あたしも手伝いたい」

トオルはぶすっとして、ランドセルの背を拳で叩き始めた。

「替わり番こよ。今日はトオル君。次は誰にしようかな」

「はい、僕」

「先生、あたしを先にして」

「じゃあ、明日、順番決めましょうね」

わたしはまとわりつく子供達を追い立てるようにして「さようなら」と言ったり、「明日も元気な顔見せてね。先生待ってますよ」と握手したり、ランドセルの背中を押したりした。子供達の中には何かを感じている子もいるようだ。

「せんせ、あたし達のいないとこで、トオル君を怒るんでしょ」

と、わたしに耳打ちする子もいる。突然、こう言われると、わたしはどぎまぎしてしまう。そしてひと息入れてにんまりする。それから『あなたは生まれてから六年しかたってないのによく分かるわねえ』と言ってやりたい気になる。

耳打ちを見た子供達が囃し出した。

「ああ、いけないんだ、いけないんだ。内緒話はいけないんだ」

傍にいる人を不快にする耳打ち話をわたしは子供達に禁じていた。

「先生に叱られるような悪いことを誰かしましたか？　先生、知らないんだけど」

わたしは、みんなに聞こえるように言った。その声に、トオルはランドセルを叩く手を止めわたしを見た。クミとマイはしたり顔で、いつものように目を見合わせ両手を叩き合って笑っている。

「先生は、何だって知ってるんだもんね」

「そう、先生は何だって分かっちゃうんだよね、せんせ」

「そうですよ。中原先生には何だって分かるの。みんなが良い子か悪い子かも」

「ほんと？」

「先生、あたし良い子？」

「せんせ、せんせ、僕、良い子だよね」

「せんせ、せんせーいてば、こっちこっち」

どの子もわたしを自分の方に向けたがり大騒ぎだ。『うそだぁ』と言う子が一人もいないのは入学してまだ一ヶ月しかたっていないということだろう。押し出されて廊下に出た子供達まで帰ってきて『良い子、良い子』と頭を撫でてもらいたがる。『僕は』『あたしは』と真新しいランドセルの上に産毛の生えた細い首を見せ、頭を突き出してくる。わたしは両手で同時に『いい子、いい子よ』と次々に撫ぜ続けた。最後はヒロシだった。

「明日もいい子、いい子してもらいたい？」

と訊くとこっくりした。


教室にはトオルだけになった。

わたしは後手に引き戸を閉めた。トオルのところに歩み寄ると、掃き出し窓口に誰かがいる。覗くと、廊下に這い蹲ってテツヤがいた。

「なあに」

「せんせ、トオル君にも、良い子、良い子ってしてやった？」

わたしは胸が熱くなった。

「テツヤ君は優しいのね、もちろん、するわよ。そんなとこから覗いちゃ駄目、もう、さよならよ」

「はーい、せんせ、さようならあ」

テツヤの声は走り去る音と共に遠ざかっていった。

トオルの目玉はほんとうに大きい。その大きい目玉でわたしを怨めしそうに睨んでいる。

「テツヤ君、いつもの元気なテツヤになってよかった。痛い目に合ったヨシオ君もかわいそうだったけど、テツヤ君もかわいそうだったわね。トオル君もそう思わない？」

「思う」

トオルは身構える姿勢をくずさず緊張している。

「テツヤ君、よく泣いたわね。職員室に迄聞こえたらしいわ」

「みんな言ってた。テツヤ君が泣くの初めて見たって。幼稚園で一回も泣かなかったのテツヤ君ぐらいだから」

「トオル君、テツヤ君と同じ幼稚園だったのね。テツヤ君と仲良し?」

「ふつう」

子供達の交友関係を知るのも教師の仕事である。


テツヤは運動能力が抜群に秀れている。ドッジボール等は五、六年生とでも対等に投げ合う。子供達の大好きなリレーをさせると、ごぼう抜きをする。均整の取れた体型。血色のよい顔には、くりくりしたよく動く、見るからにやんちゃ坊主の目がキラキラ光っている。幼稚園では有名ないたずら坊主だったらしいが、学校に行ったら暴れるなとでも言われ続けているのだろう。見かけに似合わずおとなしかった。教室では長い脚をきちんと机の下に納め、他の子のようにおしゃべりもせず喧嘩もせずかしこまっている。同じ幼稚園から来ている子供達が『テツヤ君は変わった』と口々に言った。わたしはそういう話を聞くにつけ『良い子』になろうと努力している様子が微笑ましいのを通り越して痛々しくさえ感じられた。だから体育の時間、のびのびと手足を動かし、笑い興

躍る日差しの中の子供達

❀❀❀❀❀❀❀❀❀❀❀❀❀❀❀❀❀❀❀❀❀❀❀❀❀❀❀❀❀❀❀❀

じるテツヤを見ると、ほっとした。彼は戸外の学習になると活き活きとした。

一昨日の図工は砂場の造形であった。家から砂遊びの道具を持ってこさせ、体育着に着替えさせる。裸足にもさせて、全身で遊ばせようと思う。ところが造る物は、今までの経験を踏まえ、ケーキだのまんじゅうだのと小手先で出来る物を造りたがった。その中でテツヤの活動ぶりはわたしや子供達の目を見張らせた。他の子が移植ゴテをチマチマ使うなか、彼は素手を使った。あっという間に大きな山を造り、トンネルを掘り始めた。その動きの早いこと、崩れると、又、やり直す。下に向け掘り進み、「海底トンネルだ」と掘り続けるうちに逆立ちする格好になった。肉づきのよい尻に、真新しい体育パンツが貼りついている。その尻に砂だらけの裸足の足の裏が逆さ八の字型にちょこんと乗っかっている様に子供達は笑い興じた。

「なんだよォ」

立ち上がったテツヤは髪から足の先まで砂にまみれていた。

「砂人間だ」「ミイラ男だ」と言いながら、級友達は砂を払ってやろうとする。テツヤは「いいよォ」と、手を払うと同時に砂も荒っぽく払った。級友達はテツヤに仲間に入れてもらいたがった。

「僕にも掘らせて」

「うん。固めながら丁寧に掘るんだぞ。シャベルは駄目だからな。手で掘れ」

「あたし、水汲んでこようか」

「僕、何すればいい？」

「お前はここに固い山を造れ。それからお前はトンネルを掘るんだ。お前はこっちからだぞ。お前は向こうからだ。出来るだけ下を掘るんだぞ。上を掘ると崩れるからな」

テツヤの指示をもらおうと行列が出来る程だった。

「僕も仲間に入れて」

「お前はダムを掘れ」

「ダムって、何それ。僕、知らないよォ」

「大きな池だよ」

「なんだ、簡単簡単。僕、作る」

テツヤは上気した顔で次々に指示して、そのリーダーぶりは天性のものを感じさせた。

躍る日差しの中の子供達

他のグループの造った山や川とも連携し、最終的には砂場全面を使った作品が出来上がった。

それは、わたしが予想したよりずっとよい出来映えであった。
一、二校時続けての砂場遊びを子供達は楽しんだようで、三、四校時に使用するクラスのために平らに砂をならすよう指示すると、溜息をついたり、悲鳴を上げたりした。三校時にすぐ学習にとりかかれるよう、体育着を着替えて遊ぶよう、わたしは言った。
ヨシオはわたしの指示に自分からはなかなか従わない。列を離れて鉄棒のところに行ってしまった。ヨシオは自閉症の子である。ヨシオとテツヤは同じ団地の隣りの棟に住んでいるが入学する迄遊んだことはなかったらしい。わたしはテツヤに「一緒に遊んでね」と頼んだ。テツヤは家人に「先生に頼まれた」と得意げに話したという。テツヤは兄貴のようにヨシオの面倒を見た。教室に入ろうとしないヨシオを背負ってやることもたびたびであった。この日も教室に入ろうとしないヨシオを背負おうとした。ヨシオは砂だらけの背中を嫌ったのだろう。のけ反った拍子に頭から落ちて植木の囲いブロックに後頭部をぶつけてしまったのだ。休み時間のこととて沢山の子供達が回りを囲み大騒ぎになった。ヨシオは人混みを掻き分けて来てくれた養護教諭に応急手当てをしてもらい、教頭の車で外科医に連れていってもらって七針縫った。

テツヤは教室でもしゃくり上げ続けた。

「病院に行ったからもう大丈夫。心配しなくたっていいのよ」

「だって、血がいっぱい出てたよォ」

「お医者さんが治してくださるわ」

「だって、だって、お母さんに怒られるんだよォ」

「わざとしたんじゃないから、お母さん怒らないわよ」

「怪我させたって怒るんだよォ。うちのお母さん怖いんだもの。絶対、怪我させちゃいけないといつも言ってるんだ」

級友達はわたしとテツヤのやり取りに耳を澄ませて訊いている。そして一言一言に反応し、顔を見合わせ楽しそうに笑い合う。

「怒らないでって、先生、君んちに行くから大丈夫よ」

「ほんとだね」

「先生が、ヨシオ君と遊んでって君に頼んだんだもの。君が悪いなら、先生も悪いのよ。お母さん、そんなに怖い?」

泣き声に負けぬようわたしも大声になる。テツヤは泣きながら大きく

躍る日差しの中の子供達

頷いた。その頷き方がおかしかったのか級友達は机を叩く子もいて大爆笑し、

「せんせ、せんせ。僕んちも同じ」

「テツヤ君ちのオバサン優しそうだよ。うちんちのオニババより怖くないよ」

「あたしんちだって、すっごいオニババ」

子供達は笑い興じながらあちこちでオニババ自慢をしている。

「テツヤ君、喧嘩だって何だって強いから怖いもんなんかないと思ってた」

「そうだよ」「ほんと」「ほんと」

多くの子が相槌を打った。

私は、テツヤやヨシオ、それに二人の両親に申しわけなく、その日のうちに、放課後、二軒を訪ねた。


昨日、ヒロシを待たせている間の電話は、ヨシオの母親からだった。ヨシオは通院のため昨日は欠席だった。『テツヤ母子が昨日、謝りに来てくれて恐縮した。先生にも申し上げた通り、私共両親が、どんなにテ

ツヤ君に感謝しているか伝えたが分かってもらえたかどうか気になる』という主旨の電話だった。

今日、ヨシオは頭に包帯をして母親と共に登校した。母親に「テツヤ君遊びに来てね」と言われたテツヤは「お母さんも行っていいって言ったから行くよ」と応じた。「来てくれるの。ありがとう」と言った母親の声は涙声になっていた。ヨシオの母親は女学生のような雰囲気を持ち、明るく気さくで、子供達に『ヨシオ君ちのオバサン』と人気がある。いつも笑顔で子供達の遊びの仲間にもなる。普通のオバサンとは違うオバサンだ。涙がふさわしくないオバサンでもある。子供達は驚いてわたしを一斉に見た。わたしは困ってしまった。

テツヤは通院のため二校時で早退した。

わたしは子供達に、母親がなぜ『ありがとう』と言ったのか話し合わせた。

ちょっと一年生には無理かなと思ったのだが、生の教材を活きのいいうちにと思っての道徳の授業だった。

躍る日差しの中の子供達

大人になると人道も複雑になるが子供のうちは単純化して、善悪をはっきり指導したい。悪いことは一刀両断で悪い。石を投げるのは理由はどうあれ悪いのだ。わたしは、わたしのいないところでヒロシに集団で石を投げていることを知り、早く指導しなければと焦ると共に中途半端にならぬようヒロシ攻撃を止めさせたいと思っていた。ヨシオの怪我と石投げを結びつけて学習させることにした。

子供達は、ヨシオのお母さんが「ありがとう」と言ったのは「当たり前だ」と言った。いつも一番面倒を見ているし、わざとしたわけじゃないから、これからはおぶわなければ怪我させせない。だったら、今まで通り遊んでもらった方がいい。遊んでもらえなかったら、オバサンだって困っちゃうよ。と、いうことになった。

それでは、わざと怪我させるとどうなるかということに進んだ。

まず、わざと怪我をさせるときの事情や方法を話させた。

『石を投げる』『突きとばす』等々の方法がまず出て来た。相手を問うと「悪い奴に」と言う。

「ではみんなは悪い奴にしか石を投げたり、突き飛ばしたりしませんね」

と問うと、男の子の多くが下を向いた。女の子はその男の子を見て女の子同士にやにやしている。高学年になると、こうはいかない。互いに涼しい顔で素知らぬふりをする。

「相手にぶつけようと思って、石を投げたことのある人?」

と問うと男の子はヒロシ以外全員、女の子も半数以上がわたしの顔を窺い、周りを見回しながら挙手した。これが子供の世界では一般的な数だろう。問題なのは相手が固定し、集団で継続していることだ。

自分が投げられたときの気持ちを話させたが、模範解答が次々に出てきた。六歳児だって健全な家庭生活を送っていれば大人並みの意見が言えるのだ。

最後は、「石を投げてはいけない」という事を納得して授業を終えた。

その間の話し合いの中で、僕やあたしに怪我させたら、うちんちのお母さん怒鳴り込んでいくという意見で盛りあがり、子供達は自分の母親がどんな格好して怒鳴りに行くか自作自演して笑い興じた。それは実際にはありえないような漫画的な格好だったが——。

「トオル君、学校好き？」

「うん」

「楽しい？」

トオルは頷きながら上目遣いに見た。

これから何が始まるのだと思っているトオルの気持ちがこちらに伝わってくる。

「君は先生の話をよく聞いているし、勉強も出来るから、楽しいだろうと思うわ。お家でも勉強してるの？」

「うん」

「勉強済んだら、誰と遊ぶの」

「いろんな子と遊ぶよ」

「どこで」

「団地の広場とか公園で」

「遊ぼうって約束して集まるの？」

「そういうときもあるけど、だいたい、暇な子が集まるの。お母さんにお外で遊んでらっしゃいと言われた子が――。テレビゲームばかりしてると目が悪くなるって」

「何して遊ぶの」

「いろんなこと。サッカーとか、野球とか、泥巡もする」

「楽しそうね」

「楽しいよ。自転車で遊ぶときもある」

「団地の子じゃない子も来るの？」

「うん、来るよ」

「ヒロシ君は？」

「……」

「ヒロシ君、嫌い？」

「あの子、不良だもん」

「どういうところが不良なの？」

「お金いっぱい持ってて、無駄遣いしてるから不良なの」

「君は無駄遣いしてるとこ見たの？」

トオルは急に目を輝かせ、身を乗り出してきた。

「見た‼　僕、ほんとうに見た‼　お金いっぱい出しちゃって缶ジュース買ったり、チョコやアイスも買うの。ゲームもした。不良なの‼」

興奮し、口の回りの筋肉を引き攣らせながらトオルはわたしを見上げて言った。

「君は、ヒロシ君に食べ物をもらったり、ゲームのお金を出してもらったの？」

トオルは、大きな目をさらに大きく見開きパチパチしばたたくと、返事をせずに俯いた。

「おごってもらったのね」

「——。ヒロシ君、千円札を何枚も持っているんだよ、子供のくせに。五千円札を持ってたこともあるの。子供はお金沢山持ってちゃいけないんだ。持ってるのは不良だよ。うちのお父さんがそう言った。ほんとにお父さんが不良って言ったんだ」

「そうよ。子供がお金を沢山持っているのはいけないわ。そのお金を二人で遣ったのね。いつ？　一年生になってから？」

「違う。幼稚園のとき」

「ヒロシ君、そのお金、どうしたお金なのかしらね」

「お年玉にもらったって言ってた。貯金すればいいのに。お母さんに渡さないで自分で持っている悪い子なんだよ。そして、そのお金で買い食いしたり、ゲームしたりするの」

トオルは、どうだ‼　と言わんばかりだ。

「他の子にもヒロシ君おごってるの？」

「うん」

「でも、君が一番もらったのね」

「たぶん。僕からおごってって言ったわけじゃないのに向こうがくれちゃったの」

「いつ家の人に注意されたの？」

「あのね、アツシ君がね、僕のお母さんに教えちゃったの。自分が少ししかおごってもらえなかったから。そうしたら、お父さんに、すっごく怒られてぶたれた。そんな子と遊んじゃいけない、不良になるって。ほんとだよ。僕のお父さんが言ったんだ。遊ぶと不良になるって」

「だから、ヒロシ君と遊んでいる子がいると『不良だ』って言ったのね」

トオルはわたしから視線を外した。

「だってヒロシ君は不良だもん」

「他の子にも遊ばないようにって言ったのは優しい心で言ったの？　それとも悪い子だから意地悪しちゃえっていう気持ちで言ったの？」

トオルは大きな目で下からわたしを見上げ、視線が合うと目を伏せた。

「お金を遣う子は悪い子だもん」

「そうよ、悪い子です。でもさあ、君も――」

「僕、不良じゃない‼」

「君もヒロシ君とゲームしたり、買い食いしたことがあるんでしょ」

「でも、僕は止めた」

「じゃあ、さあ、ヒロシ君にも、止めろよって言ってやればよかったじゃない?」

「言った。僕、言ったの。いらないって。なのにむりむりくれようとするの。『いいよ、いいよって』僕が逃げると追っかけてきて、くれようとするの。だから――」

「だから、石を投げたのね」

「――」

「僕の傍に来ないでって、石投げて追っ払おうとしたのね」

「だって僕、ほんとにほんとにもらいたくなかったんだ‼」

「君の気持ちは分かるわ。最初はもらうのがうれしかったけど、お父さんに怒られて、悪いことが分かったから、もらうのが怖くなったのね。

それなのに、ヒロシ君も困った子ねえ。いろんな物をもらう前は仲良しだったの？」

「……」

「一緒に遊んでた？　お家に帰ってからでなく、幼稚園でとか。同じ組だったんでしょ」

「遊ばなかった。湊がついたら嫌だから」

「そうね。湊は汚いわね。でも、風邪引いたら誰だって出るわ。先生だって君だって」

しばらく沈黙が続いた後、トオルはおずおずと言った。

「それからね、ヒロシ君、臭いの」

「臭い？　石けんのにおいじゃない？」

「違う。いいにおいじゃない。変なにおい」

「変なにおい？　ヒロシ君洗濯のにおいがしたけど――」

「違う。絶対違う。変なにおいだ!!」

わたしは、机越しにトオルの腕を取り、鼻をつけた。

「これ、何のにおい？　トオル君、嗅いでごらん、何のにおいかしら」

ニットのスポーツウェアーは、ドライ・フラワーのにおいがした。トオルは鼻をくんくんさせ両腕を変わる変わる嗅いだ。

「分かんない」

「分かんないけど、なんかにおうでしょう。誰にだってにおいがあるのよ。君のお父さんにだって、お母さんにだって。先生だってあるわ。好きな人のにおいはいいにおいだし、嫌いな人のは臭いのよ。毎日、同じじゃないかもしれないし、いろんな物にいろんなにおいがあるのよ。ランドセルのにおい嗅いでごらん」

トオルはランドセルの中に顔を埋め、鼻を鳴らした。

「くせえ」

顔中皺だらけにしている。

「何のにおい?」

「うんち臭い」

「うんち臭いから捨てますか」

トオルは頭を振った。

「うんち臭くても大事にするわね」

トオルは頷いた。わたしは上着を脱がせ、背中のあたりを嗅がせた。

トオルはしかめっ面をし続けた。

「ランドセルと同じにおいでしょ。腕と背中では違ったにおいがすることもあるのね。君は自分がそんなにおいのする洋服を着ているんだって知らなかったのね」

「うん」

「ヒロシ君も君が言うように変なにおいがしたかもしれないわ。でもね、今日はいいにおいだった。先生、今朝調べたのよ。みんな自分のにおいに気がつかなかったでしょうけど」

わたしは言いながら、脱がせた上着を再び着せた。トオルはわたしにうながされるままに腕を通し、衿を整えた。

「ヒロシ君ね、毎朝、学校に行きたくないってお母さんを困らせるんだって。君んちだったら、お母さんどうする」

「怒る」

「それだけ」

「そうだよ」

「お母さん悲しがらない？」

「悲しがる」

「そうでしょ。そうして、どうして学校に行きたくないか訳を訊くよね」

「うん」

「ヒロシ君のお母さんも、ヒロシ君に、どうしてって訊いたのよ」

トオルは顔色を変え、わたしを見上げる。

「ヒロシ君、意地悪されるって言ったらしいの。でもね、誰がって訊くと黙ってしまうんだって。先生も、昨日訊いたのよ。でも名前を言わないの」

トオルはほっとしたようにランドセルの背バンドを弄び始めた。小さな肩、細い首。大人から見たら、目のつぶらなかわいい六歳の男の子が、同級生には、先生よりも怖がれられる存在なのだ。

「君も石を投げられたことあったんだったわね」

今日の道徳の時間、わたしの問いかけに確かそう応じていた。トオルは頷いた。

「だけど、君は投げられたら投げ返したのよね。ヒロシ君も投げ返した?」

トオルは息をつめ、口をゆがめてわたしを睨んでいる。

「一度もヒロシ君は投げ返さなかったの?」

「うん」

「投げ返さないでどうしたの？　ヒロシ君は」

「逃げていった」

「逃げていくのを追いかけるのは面白かったのね」

　下を向いたまま、返事はない。トオルは今道徳の授業を思い出しているはずである。子供達は、投げられると、この野郎と向かっていく子と、向かっていかないで泣いてしまう子の二手に別れた。ヒロシはどちらにも手を挙げずトオルは前者だった。向かってこない子に石を投げ続けるのは弱い者苛めで卑怯だという結論を子供達は出していた。

「ヒロシ君、君が石投げたら逃げないで、もっと大きな石を投げ返せばよかったわ。怪我させても君が先に投げたんだから、どっちが悪いっていうことになるのかなあ。君は石をぶつけられて大怪我をしても平気？」

「嫌だ‼」

　トオルは涙がこぼれないように目を見開いている。

「ヒロシ君の気持ち分かるわね。石を投げられるのは嫌なのよ。不良なんて言われたら、どんなに悲しいか。ヒロシ君と遊んでいる子にまで、不良になるから遊ぶなって言ったの？　ヒロシ君、友達が誰もいなくなっちゃうじゃない」

トオルは顔を上げない。深く頷いている。わたしはトオルの両手を取った。脂けのないかさついた小さな掌は冷たくなっていた。

「トオル君分ってくれる？　君は頭がいいんだもの。ね、分かってよ。学校に来ても誰も相手にしてくれなかったら、学校に来るのが嫌になるって。学校は勉強をしに来るだけじゃないの。みんなと一緒に楽しく遊んだりもするために来るところなのに、遊んでくれる人がいなかったら辛いわよ。ヒロシ君の気持ち分かるでしょ」

「――はい」

中庭に面した出口の摺りガラスに人影が散らついている。透かして見える色形からヒロシらしい。伸び上がったり、すき間から覗こうとしたり、しきりにしている。わたしはそこに行き、鍵を開けた。ヒロシは慌てて逃げ出した。

「ヒロシくーん、なぜ逃げるのォ。ここにいらっしゃい」

ヒロシは来ない。三十米程で俯いて立っている。ランドセルを背負ったまだということは、今までどこにいたのだろう。

「トオル君もいるわよ。いらっしゃい」

ヒロシはロボットのような歩き方をしてくると戸口でわたしとトオルを交互に見た。トオルは拳で涙を拭っていた。ヒロシは驚いたような困ったような顔をし、なぜ泣いているのとでも言いたげにわたしを見上げた。

「ヒロシ君、君は先生とトオル君が何を話しているのか気になったのね」

ヒロシは大きく頷いた。頷いたとき見せる項の白さは今年限りかもしれない。来年は幼児から少年になっていることだろう。衿にはアイロンも掛けてある。ヒロシに母親がだぶった。

「そうよ。君のことを話したの。先生もトオル君も君に話したいことがあるわ。上履きに履き替えていらっしゃい」

ヒロシは返事と共に走り去った。うきうきしているようである。

「ヒロシ君ね、君と先生が何を話すのか気になってお家に帰れなかったようよ。今、ここに来ます。ヒロシ君に、ごめんね、もう石は投げないよ。友達にヒロシと遊ぶななんて言わないよって言えるわね」

トオルは涙を拭きながら頷いた。

「ありがとう。ヒロシ君、嬉ぶわ。先生、君にいっぱい、良い子、良い子しなくちゃ」

わたしはトオルを横抱きに抱き、

「先生、うれしい、トオル君がいい子で」

と言うと、トオルは声を上げて泣き出した。

ランドセルを鳴らせて廊下を駆けてきたヒロシは、トオルの先程とは又、違う様子にたじろいだ様子で教室に入りしぶった。きょろきょろと二人を見比べ、操り人形のように首を振っている。

「いいのよ。入っても。ね。トオル君」

トオルはこっくりした。

ヒロシは、前屈みになって尻をひょこひょこさせながら踵から踏み出すように入ってきた。先程の晴れやかな顔はどこにいったのか攣ってている。

「先生ね、君に訊きたいことがあるの。君、今、いくらお金持ってるの？」

「持ってない」

「ここにでなくお家には？」

「分かんない」

「そんなに沢山持っているの？」

「ううん、僕、何にも持ってない。全部、お母さんに渡した。何にも持ってない」

「いつ渡したの？」

「ずっと前」

「今年のお年玉いくらもらったの」

「忘れた」

「お年玉でトオル君とゲームしたり、買い食いしたのね」

「……」

「トオル君、いっぱいもらったって言ったわ」

「……はい」

「どうして、いっぱいあげたの？」

「……」

トオルがしゃくり上げながら涙を拭く手を止め、二人を見詰めている。ヒロシは頭を深く垂れてしまった。

「トオル君に友達になってほしかったんじゃない？　仲間に入れてもらいたかったのよね」

　ヒロシは大きく頷いた。

　途端に、大粒の涙がぼろぼろこぼれた。

「お年玉でゲームをさせてあげたり、いろいろな物を買ってあげたら、君に優しくしてくれて、うれしかったんでしょ。いつもいつも優しくしてもらいたくって、いつもいつも買ってあげたのね。だけど、ある日、突然、いらないって言われちゃったんでしょ」

　ヒロシは顔も覆わず涙をこぼし続けながら幾度も頷いた。

「そんなこと言われても君は、トオル君に優しくしてもらいたいから、遠慮するなよ、いいんだってばって、あげようとしたのね。でもね、トオル君は、君からおごってもらっちゃいけないって、お父さんにすごく叱られたのよ。だからトオル君は君からおごってもらうのを止めたの。トオル君が君のおかげで叱られたの知ってた？」

　ヒロシは首を振った。

「子供同士でおごったりしない方がいいと、先生も思うわ。今は、もう、してないわね」

ヒロシは開いた手で涙を拭いながら頷いた。

「トオル君はね、いくらいらない!! って言っても君があげようとするから、石投げたのですって。石投げられ、不良って言われ、悲しかったわね。でも、もう大丈夫よ。トオル君、まず君から、石投げてごめんね、もう投げないよって言いましょう」

トオルはしゃくり上げながら、切れ切れに
「ごめんなさい、もう、投げません」

と言った。ヒロシは声を立てず涙を流していたが、トオルに謝られると、風のような叫び声を上げ、しゃがみ込んで唸るように泣き出した。息も絶え絶えに泣いた。しゃがんでいては息が苦しいのか、立ち上がり息を吸い泣いた。

次はヒロシに謝らせようとしたが、言葉になりそうもない。しばらく待つことにした。洟の出がよくなったようである。棒洟が出たり入ったりする。わたしは抱きかかえると上向かせ片手で拭った。青洟はずるずると出てポケットティッシュは瞬く間になくなった。ほてったヒロシの体はじっとりと汗ばみ重い。

わたしはティッシュボックスを取りに行くため立たせて言った。

躍る日差しの中の子供達

❀❀❀❀❀❀❀❀❀❀❀❀❀❀❀❀❀❀❀❀❀❀❀❀❀❀❀❀❀❀❀❀❀

「誰もいないからいっぱい泣いても平気」

わたしの言葉に二人は競うように泣き声を上げた。

「泣き止んだら一緒にお手伝いしてね」

泣き声に負けぬよう怒鳴るように言うわたしの声に、二人は同時にしゃくり上げながら頷いた。

その声は木もれ日の躍る教室から、放課後の静かな校舎に尾を引いて響いた。

わたしはティッシュボックスを二人で使うように渡すと、絵を貼る準備に取り掛かった。

普通の子になる約束する

入学して四日目の一年生は、顔も手足も衣服も持ち物も、すべてがピカピカであった。話す声までピカピカだ。声高な喋り声や軽やかな足音が、すっと消えてしまうのは途中で自分の教室に入ってしまうからだ。わたしは、いつもの通り、登校してくる児童達を教室で迎えていた。わたしの教室は棟の一番奥にあった。

「ここ、ここ、一年四組、八木組、早くおいでよ。麻美ちゃん」

廊下を走る音が一際響いて、こちらに近づいてくる。麻美という名を聞いてわたしは廊下に目をやった。麻美は入学式以来欠席しているわたしの受け持ちの子であった。教師用の机を置いてある側の入口まで駆けて来た男の子は一年一組の名札をしていた。

「八木先生、山下麻美ちゃん来たよ。僕、連れてきてあげたの。一年四組の先生は八木景子先生だよね。僕、教えてあげた」

男の子はわたしに「ありがとう」と頭を撫でられると

「僕ね、麻美ちゃんと、幼稚園一緒だったんだ。××幼稚園」

と言って澄んだ目を見開き、わたしを見詰め、さわやかに笑った。

麻美は弟を抱いた母親と一緒だった。四月とは言え、まだ肌寒い日が続いている。母親はスリッパも履かずジーパンの裾から白い甲を見せていた。

「玄関口にスリッパがございましたでしょ。お使いくだされぱよかったのに――」

「ありがとうございます。家からスリッパを持って来るのをうっかり忘れてしまって。これからは忘れずに持って参ります」

最近ではめったに逢えなくなったタイプの母親のようであった。

山下麻美は子供達が言っていたように小柄な児童だった。硬そうな黒い髪は短くカットされている。地肌に濡れたように張りついているのは昨日迄学校を休まねばならぬほど熱が出ていたためだろう。麻美は盛んに髪に手をやり掻きむしっていた。

麻美は体が小さいだけでなく痩せていた。顔も小さい。目も鼻も口も小さい。そして、それぞれは整った美しい型をしていた。長い睫毛は造り物のようにカールし、鼻は雛人形のようにつんと細い。輪郭のはっきりした口は上下の唇共、描いたような曲線を描いていた。

「まだ風邪が治り切っていないのですけど、麻美が早く学校へ行きたいと申しますし、明日は日曜で、帰ってきたらゆっくり休めますから――」

麻美は母親が話している間中、頭を掻きながら、長い睫毛の目で上目遣いにわたしを見上げていた。回りで級友達が
「麻美ちゃん、ランドセルはロッカーに入れるんだよ」

「麻美ちゃんのロッカーここだよ」

「麻美ちゃんの机ここ」

と、口々に言う声にも動じなかった。

「麻美ちゃん、教科書やノートを机の中に入れてらっしゃい。お友達にどう入れるのか聞くのよ」

わたしは、しゃがんで麻美の両手を握って言った。小さな手は冷たく、手応えがなかった。しかし眼差しだけは鋭くわたしの顔を見据えている。

手の中で爪の当たる所がザラつく。見ると十本の指の爪は全て深く噛んだ跡があった。

わたしは麻美の目を見ながら言った。

「爪、おいしい?」

麻美は、わたしの目をじっと見詰めて言った。

「先生の鼻の穴、大きいね」

普通の子になる約束する

わたしは一瞬あっけにとられた。それから腹を押さえて笑ってしまった。

「先生の鼻の穴、大きい？」

麻美はわたしをにらんだまま言った。

「うん、すっごく大きい」

母親は、幼児を抱え直し、

「麻美ちゃん、何言ってるの。先生の鼻の穴は大きくなんかないじゃない。お母さんの方が大きいわ。すいません」

と言った。

「子供にはそう見えるんですよ。下から見上げていると特に――。実際に大きいし、口だって、鼻の穴だって」

わたしはそう言いながら、こんなことに気遣う母親をいとしく思っていた。

そしてわたしは、腰をさらに落とし、

「麻美さんは、そう思ったのよね」

と応じた。

「大きい。先生の鼻の穴、ほんとうに大きい」

回りで子供達が騒ぎ出した。

「八木先生の鼻の穴は大きくなんかない」

「そうだよ。大きくなんかない」

クラスで一番小柄な良太が
「大きいというのはこういうのを言うんだぞォ」

と鼻の穴に指を入れて見せた。

「みんながそう思ったって、麻美ちゃんは大きいと思うのォー」

麻美は自分のことをちゃんづけで呼び、一言一言力を込めて言った。

「これからお手数を掛けることと思います」

母親はぐずる幼児を揺すり揺すり言った。そして、爪先歩きで帰っていった。

麻美の席は廊下側の一番前だった。級友に手を引かれて席についた麻美は後ろ座席の机を両手で押しやった。自分の場所を広々と取ろうとしたのだ。後ろの机はその後ろと密着し、座る場所はなくなってしまった。そこに丁度登校してきた、後ろ座席の典男は、べそを掻いて突っ立っている。居合わせた子供達は一斉にわたしの顔を見て、それから、麻美に言った。

普通の子になる約束する

「いけないんだよ。そんなことしちゃ。床に印のついている所に机も椅子も置くんだもん」

　級友に言われると、麻美は助けを求める目でわたしを見た。

「麻美さんは、休んでいたから先生のお話を聞いてなかったのね。お友達の言うようにしましょう。元通りに直してね」

「麻美ちゃんは休んでいたから、先生のお話聞いていなかったのォー。だからァ、悪くなんかないのォ。ねえ、先生、そうでしょ」

　先程の〝麻美ちゃんは大きいと思うの!!〟と言ったあの迫力のある話し方と対象的に、なんと甘えた言い方だろう。甘えながらわたしから目を離さずにいる。わたしの出方を窺っているようだ。窺いながら行動に移している。麻美は後ろの席を元に戻さずに他の子より広々と場所を取ったまま、自分の席に腰掛けてしまった。ランドセルは隣りの席の机上に放り出したままだった。澄んだ沢山の目が一斉にわたしを見た。

　一時限目はこくごだった。

　わたしは、黒板いっぱいに海の絵を描いた。波と砂浜を描いた。今日から全員揃った三十四人のつぶらな瞳がじっとわたしの手元を見つめる。青色チョークで何本もぎざぎざの波を描き、白チョークで砂浜を描いた。ここに、何を描き加えたいか、発表させるという話す学習、その後で、波だの、カモメだの、雨だの、石だのを自由帳に描かせて文字指導に入る運筆練習にする予定だった。

子供達は勢いよく手を挙げては、ヨットだの、鯨だの、海の家だのを描くよう求めた。子供達はそう上手でもないわたしの絵に歓声を上げて喜んでくれる。わたしは赤、黄、紫、緑、茶、と様々な色のチョークを使い分けて描いた。タイ、タコ、カニ、それにスルメも描いて見せた。エビなどサクラエビでごまかそうとすると、次に伊勢エビが出てきたりした。

麻美も手を挙げた。わたしは麻美が手を挙げたら指名しようと心待ちにしていた。山下麻美にとって今日はこれからの長い学校生活の第一日目。さい先よい一日にしてやりたい。それなのに麻美はなかなか手を挙げず、発表する子をきょろきょろと見回してばかりいた。やっと手を挙げてくれて、やれやれとほっとした。指名すると麻美はゆっくりと立ち上がり、言った。

「スエズウンガ」

麻美は後ろを振り返り、級友の顔を一通り見回すとわたしの顔を見ながら座った。

教室は急に静かになった。

「何、それ」

「麻美ちゃん、何て言ったの」

麻美は再び立ち上がるとわたしに背中を見せ、クラスの子供達に向って
「スエズウンガ」

と怒鳴った。

「あんた達は知らないけど、そういうのがあるのォ。ねえ、先生。スエズウンガで前に戦争していたんだよね」

「麻美ちゃん、誰に聞いたの。スエズ運河のこと」

「お父さん」

「では、お父さんの話、みんなにしてあげられる?」

「先生も知らないのォ。スエズウンガ」

麻美は椅子に座るとふん反り返って両手で机を押していた。そのために隣りの子より三十センチ程机が突き出している。

小学校に入学したばかりの子にスエズ運河の知識は必要ない。しかし、麻美にとっては学校生活第一歩の発表がスエズ運河だったのだ。そのために級友は時間を無駄にすることになるが、麻美のために時間を提供してもらおうとわたしは思った。

「先生、麻美ちゃんねえ、僕達が知らない難しいこといっぱい知ってるの。麻美ちゃん天才なんだよ。な。幼稚園のときからそうだったんだもんな」

後ろの席から昭二が級友の同感を求めて、な、な、とあちこち見回した。幼稚園が同じだった子供達が何人も同感を示した。

「そうだよ、先生、麻美ちゃんは天才なんだよ」

「いいよなあ、難しいこといっぱい知ってて。俺なんかバカだから何にも知らないよ」

級友達の言葉を聞きながら麻美は机を突っ張ったまま、わたしの顔をじっと見ていた。褒め言葉を期待しているのは明らかだった。

「スエズウンガってなァにィ。麻美ちゃん教えて」

後ろから昭二が言った。

わたしは麻美の様子からスエズ運河の説明は無理だろうと思った。その方が助かる。余計な時間を取られないで済むとも思った。それでは、もっと大きくなってからお勉強しましょうね、で切り上げよう。しかし、その前に麻美にもう一回、訊いてからにしよう。

「麻美ちゃん、みんなにスエズ運河のお話してあげる?」

意外にも麻美はすっくと立ち上がった。

「えーと、えーと、——、スエズウンガってねえ。えーとねえ——」

元気に立ち上がった割に先に進めない。

「なんだ、知らないのか」

「ほんとうは知らないいんじゃないの。早く言えよ」

「そんなこと言うけど、お前、知ってるのかよォ」

子供達が騒ぎ出した。入学して四日目である。子供達の中には、勢いよく手を挙げても指名されると「えーと、えーと、あ、忘れました」とにここと悪びれた様子も見せず着席してしまう子が少なくない。

立ち往生してしまった麻美に言った。

「忘れちゃったのね。いいのよ。運河のお勉強はもっと大きくなってからしましょう。座ってね」

麻美はしぶしぶ座った。

「他にない？　先生に描いてほしい物がある人」

わたしは教室を見回し挙手を求めたが誰も挙げない。先程たしか挙げていた子まで挙げない。〃スエズウンガ〃で授業の流れが変わってしまっていた。

「先生、麻美ちゃん、何かぶつぶつ言ってるよ」

麻美の隣りの健が言った。麻美は机を突き出したまま、椅子の前脚を宙に浮かせ足をブラブラさせている。

「麻美さん、大きい声で言って。先生やお友達に聞こえるように――」

「麻美ちゃん、スエズウンガのこと知ってるもん。言わないいだけだもん」

そう言うと、麻美は恨めしそうにわたしを見上げた。

「何言ってんだ。ほんとうは知らないくせに。知ってるなら言えるはずだろ」

「えーと、えーとばかりで言えないくせに知ってるなんて嘘つくな」

子供達は手厳しい。

わたしは今日の運筆練習は諦めた。麻美を立たせ一言一言誘導しながら運河の説明をさせた。絵も描いた。黒板の絵を半分消し、陸地を股がせて海を描き、運河を通して船を浮かべた。麻美はわたしが描いていく絵に、「そうだよ」「そうなんだよ」と言って満足げに級友を見回していた。

二時限目はおんがくだった。

わたしは黒板に赤、白、黄色のチューリップの咲く花畑を描いた。チューリップの歌を声を揃えてのびのび歌わせたかった。三十四名全員が幼稚園卒園児で、チューリップの歌は全員が知っていた。だが、オルガンを弾きながら聞いていると声を揃えられない子が何人もいる。一生懸命に自分勝手に歌っている。

「お友達の声を聞きながら、声を揃えて歌いましょう。手を叩きながら歌います。先生に合わせてね」

わたしは手を打ちながら歌って見せた。そして

「はい、みんな一緒に――」

と促した。

しかし、何人かは同じリズムで手を打てない。麻美もその一人だった。みんなと声を揃えると、自分の存在が消えてしまうので、目立つよ

うみんなより早目に歌おうと努力しているかと思われる子もいる。そんな子は手も早い。

　同じ歌だけでは飽きるので違う歌を歌うことにした。

「みんなの好きな歌を歌いましょう。何を歌いたい？」

　子供達は、「ひらいたひらいた」や「ともだち百人」や「ぞうさん」等を挙げた。子供達はおんがくの教科書をめくっては知っている歌を挙げていった。

「ジャジャジャジャジャーン」

　麻美だった。前ぶれもなく、すっとんきょうな声を出されてわたしも子供達も一斉に麻美を見た。顔を見合わせている子供達もいる。

「先生、麻美ちゃんね、いつも言っていたの。ジャジャジャジャーンって」

「そうだよ、いつも言って幼稚園の先生に叱られてたんだよな」

「違うもん。麻美ちゃん、幼稚園では先生に褒められたもん。むずかしいの知ってるって」

「前は褒められたけど、あんまりいつも言うから後からは叱られてたじゃん」

「違う。麻美ちゃん園長先生にも褒められてたもん。先生、ジャジャジャジャーンて知ってる？」

「知ってるわよ、『運命』でしょ」

「じゃあ、誰が作ったか知ってる？」

「ベートーベン」

「先生よく知ってるじゃん」

「大人は誰でも知ってます」

「ううん、知らないバカもいるよ。二号棟のおばさんで知らない人もいる」

「あなたはどうしてベートーベンを知っているの？」

「お父さんが教えてくれたの。麻美ちゃんのお父さん、本もレコードもいっぱい持っているんだよ」

麻美の話は限りがなさそうだった。

「今は歌を歌う時間だから、ベートーベンの話は又、後でね。麻美さんは何を歌いたいの？」

「——」

「ひらいたひらいただの、ぞうさんだのって黒板に書いてあるけど、麻美さんは他に歌いたい歌はないですか」

「ハスの花が開くときはポンという音がするの」

麻美は〝ひらいた　ひらいた〟の歌詞が出ている頁を開いていた。そこには、大きなピンクのハスの花の回りを子供達が輪を作って回っている絵が描いてあった。

子供達は顔を見合わせた。

「ほんとう?」

「お父さんが言ってたもん。朝、早く、ポンと音をさせて開くって」

「おもしれェ」

「ポンっていう音、聞きたいな」

「先生、ほんとう?」

「先生も聞いてみたいわ。ほんとうだといいわね」

わたしは以前、どこかでそんな話を読んだのを思い出していた。


入学して幾日か過ぎても麻美はなかなかクラスになじまず、一人別行動をとっていた。

子供達は家族の話をよくした。田舎のおじいちゃん、おばあちゃんの

普通の子になる約束する

話をする子もいる。家族に手を焼かせる弟、妹の話をする子もいる。一緒にキャッチボールしてくれるお父さんを自慢げに話す子もいる。

しかし、何と言っても多いのは母親の話だ。小学一年生では母親と付き合う時間が長いせいか様々な母親を話してくれる。一緒にお菓子を作ったり、買物に行った話や、勉強を見てもらった話、そして、叱られた話だ。子供達は叱られた話をするときでもにこにこ顔で話す。自分の母親が、どんなにいつも怒ってばかりいるかを話し〝鬼ババアみたいだ〟と言う。母親の叱り方の真似をして笑わせる子もいる。叱られる自分を演出し楽しんでいるのだ。従って、自分がそうであるように、友達の話を聞くときもあんなに母親をこき下ろしている子もほんとうは〝お母さんが大好きなんだ〟と思っている子がほとんどだった。

だが、麻美は違った。母親の話をするとき、まるで意地悪ばあさんのように顔をひきつらせて憎々しげに話すのだった。

「今朝、お母さん朝寝坊して、お父さんに叱られた。ほんとにだらしがないんだから」

「お母さんの作った料理っていいかげんなの。塩っぱかったり、甘過ぎたりするの。食べないで、お父さん捨てちゃうんだよ」

「麻美ちゃんのこと、怒ってばかりいる。あんな鬼ババアなんか大嫌いだ」

　麻美が鬼ババアを連発したとき、一人の子が言った。

「あんたんとこのお母さん優しいじゃん。あたしんとこのママなんか、ほんとにすっごい鬼ババアなんだよ」

　それを聞いた麻美は突然、

「麻美ちゃんのお母さん優しくない」

と言いながら泣き出してしまった。泣かせた子は困っていた。「なぜ泣いちゃったの」という顔をしていた。なぜ泣くのか訳が分からないのはわたしも同じだった。わたしが麻美の母を擁護したときも泣いた。母親をこき下ろしたとき、わたしは、「先生だって、○○君のお母さんだったらそうするわ」とか、「悪いことをしたら、先生も鬼ババアになります。悪いことしたら叱られて当たり前でしょ。○○君はもっと叱られた方が良い。○○君のお母さんは○○君のことを心配してくれる良いお母さんね」等と言う。

　子供達は真面目な顔で、あるいは体をよじらせながら、あるいは体全体で笑ってかわいく頷くのだった。そして、我も我もと母親の鬼ババァ

普通の子になる約束する

ぶりを大げさに話し、〝○○君、××さんのお母さんはいいお母さん〟と言われることを望んだ。順番が待てない子は後ろに回り、わたしの背中を指先でトントン叩いて自分から先に言ってくれとサインを送った。それはわたしと子供達との休み時間のコミュニケーションの一方法でもあった。しかし、麻美には通じなかった。

「――。麻美さんに良い子になってほしいから」

と言ったところ

「あんなオンナ、お母さんなんかじゃない。お母さんって優しい人に言うんだ――」

麻美は机を両手で叩きながら喚いた。

「ね、先生、そうでしょ。お母さんてほんとうは優しいはずでしょ。それなのに――」

麻美は泣きじゃくった。そして続けた。

「――それなのに麻美ちゃんのお母さんは優しくないの。怖いの。お勉強しなさいって怒ってばかりいるの。お友達と仲良くしなさい。そんなのってないでしょ」

泣きながら顔を上げては真っ赤な目で、わたしをじっと見詰めた。わたしがこの小さい女の子の怒りのエネルギーを鎮めるために、下手な言葉を掛けることは火に油を注ぐことになるだろう。

「分かったわ、分かったわ」

と言いながら抱きしめることぐらいしか出来なかった。しっかり抱いてやることも一時凌ぎに過ぎないことは分かっていても――。

わたしは、麻美の母親ではない。教師はいくら努力しても教師であって母親にはなれない。

幼い級友達はあっけにとられ、わたしの胸に抱きかかえられた麻美を見ながら

「先生、麻美ちゃん、どうしたの」

「なぜ、泣いちゃったの」

と聞くのだった。

麻美は集団行動がとれなかった。朝会のとき、前の人の後ろに並ぶことが出来ない。外れて並ぶ。教室に入るときの行進も何回注意しても『おみごと』と感嘆するほど外れて歩いた。

集団行動がとれないことは、集団登校の際、とても困ることで、麻美

普通の子になる約束する

のいる地区の六年生の女の班長は何回もわたしのところに来ていた。車の通りが多く、幾つもの信号を待ちながら麻美のような下級生を連れて登校してくるのは、どんなにたいへんなことかは容易に想像出来た。

〃列から外れたり、遅れたりしたかと思うと、後ろから走ってきて背中を突き飛ばす。信号も無視してドライバーに怒鳴られたこともある。叱るとドブス、バカ、アホ、ブタって大きな声で喚き、歩いている人に見られて恥ずかしい。噛みつくことだってある。石は投げるし、あれは人間じゃない。サルだ。顔だってサルみたいだ〃と彼女は言った。

彼女は新入生歓迎の恒例の全校児童合同遠足のとき、麻美に迷子になられ、泣いてしまった経験もある。麻美はそのとき、一人で木陰に弁当を広げていたという。翌日、わたしがおいしかったか問うと屈託ない顔で〃うん〃と頷いた。わたしに前日も当日も「お弁当はお兄さんやお姉さんと食べるのよ」と注意されたことなど念頭にないらしかった。

ひとの話を聞き入れるのが下手な麻美は、何事も取り掛かりが遅い。体育の授業の着替えや、帰り支度など、回りを見れば自分だけが済んでないことに気がつきそうなものだが平気だった。行動に取り掛かっても不器用でひと一倍時間が掛かるのに、注意されてもなかなか行動に移さない。級友は毎時間、彼女のために〝待つ〟訓練を余儀なくさせられた。級友と共に行動しようという気持ちがなかなか起きないのか、麻美はいつも別行動を取った。級友が〝うみ〟と書いているとき、麻美はMAMAと読みとれる下手なローマ字を書いている。机間巡視しながら

「ママって書いたの？」

と問うと

「違うよ。マミだよ。先生読めないの」

と言う。

「でも、これはマミとは読めないわよ。これとこれ同じ字じゃない」

と指しながら言うと、

「マミだもん」

と頬を膨らます。

そういうことの繰り返しだった。

一ヶ月近くたっても平仮名で自分の名前を書けない子は麻美一人になってしまった。やましたまみ、五文字のうち、いつでも間違いなく書ける字は一字もなく、〝し〟も左にはねることがあった。個人指導し、点線で書いた上を擬せてもいつの間にか点線を無視し出すのだった。

普通の子になる約束する

算数も、計算器を机の上に出すまでにひと一倍時間が掛かる。箱の位置、カードやおはじきの並べ方は、手順よく学習出来るように決められた場所があるのだが、なかなかそのように置かない。親指の反り返った器用そうな手をしているのに、おはじきを摘むとかカードを揃えて持つとかが苦手で床に何回も落とす。2＋1や3＋1の答を出すのに級友があきれるほど時間が掛かる。

子供達にとっては、麻美が自分達の思っていたテンサイとずいぶん違うのに面食らう事が続いた。〝え？ ほんとうに出来ないの？〟とけげんそうな顔をする子も多かった。最初のうちは、わたしの口ぶりに合わせて〝麻美ちゃんはサルも木から落ちるになっっちゃっただけだね〟と寛大だったが、そのうち、何だ、落ちてばかりいるじゃないかということになって、誰もテンサイと言わなくなるのに二週間はかからなかった。そして、難しい自分達に分からないことを突然言い出しても、尊敬の目差しを向けるどころか、〝又かよォ〟〝よく知りもしないで言うなよォ〟と手厳しい反応を示すようになってしまった。

一ヶ月近くたてば、ほとんどの子供達は授業の流れに慣れてくる。

さ・ん・す・うの時間、

「ライオンがね、五匹いたうさぎを一匹食べてしまったの。残りは何匹か、式と答をノートに書きましょう」

と言うと、みんなとにかくノートに向かって下を向く。生まれてから六年しかたっていないのにたいしたものだ、と、五十近いわたしは感嘆し、その真面目臭った顔を、なんてかわいいのだろうと思うひとときでもある。そういうとき、一人だけ顔を、上げているのが麻美だ。わたしと目が合うと、待ってましたとばかりに言う。

「先生、先生、ライオンは肉食動物だからね。うさぎを食べるんだよ」

と。

「そうね。肉食動物だから食べたのね。あと何匹残ってますか」

「あのね、ゾウは草食なの」

麻美は机を突っ張り、脚をブラブラさせてそう言うと後ろをふり返り、

「あんたバカだから、ゾウが草食だって知らなかったでしょう」

等と言う。回りの子は〝どっちがバカだ〟と怒り出す。〝うるさいよ。静かにしてよ〟とも言う。

その間にノートに書き終えた子は、黒板に出て式と答を書かせてくれ

普通の子になる約束する

と要求し手を挙げるのだった。

子供の日の前日、わたしは子供達に合同で鯉のぼりの貼り絵を作らせることにした。黒板に下絵を描いた模造紙を貼り、子供達に鱗を貼らせるのだ。まず好きな色の折紙を四等分になるよう四角に折らせる。一ヶ月の間に折り方の練習を何回か繰り返したが、まだ角と角を上手に重ね合わすことが出来ない子もいる。何回もやり直しているうちに色紙はくしゃくしゃになり、もらい直す子もいる。次に鋏で切るのだが、直線に切るのも一年生にとっては骨の折れる作業で真っ直ぐ切れない子が多い。こういう作業は友達の作業ぶりを見るのが一番手っ取り早いので、四人ずつ向き合わせグループをつくらせた。出来ない子は手伝ってもらってよいことにし、四人共、上手に切れたらノリをつけて模造紙に貼る。

わたしは子供達の作業ぶりを見たり、助言したり、あるいは鱗作りに関係なく、「学校楽しい？」とか「今朝何時に起きたの」とか「昨日はどんなお手伝いしたの」とか聞いたり話しながら机間巡視を楽しむ。子供達は、小さく四角に折った折紙や、切った折紙を〃先生、あたし上手でしょ〃〝先生、これ上手？〃とか〝これでいいのかなあ、先生、これでいい〃〝うまくいかないよォ〃とか言って見せる。前者の口ぶりは女の子に多く、後者は男の子に多い。そう言いながら、わたしを凝視する表情も、一年生独特の表情でなんともかわいらしい。

「先生、麻美ちゃんいじめられちゃった」

巡視を続けるわたしの所につつっとにじり寄って来た真弓は片手でわたしの手を取り、片手で麻美を指して言った。

真弓は麻美の斜め前に座っている子である。五月に入って席替えをしたのだが、麻美は廊下側の一番前から反対の校庭側の前から二番目に替わっていた。麻美の回りの子供達が麻美の傍は嫌だというのを五月迄待たせ、五月一日に席替えした。今、麻美と並んでいる精一は生活態度も学習態度も申し分のない子だった。麻美とだけは並びたくないという子供達の多い中、精一はわたしに頼まれると、照れながら「いいよ」と言ってくれた。麻美の前に座るのも、何人もの子が頭を叩かれたり、背中を押されるから嫌だと拒んだ。小柄ながらも明るくスポーツマンとして人気のある勇に、これも、頼んで座ってもらった。勇なら様々ないたずらに泣くことはないだろうと思ったからだ。

普通の子になる約束する

「先生、やられたらお返ししていい？」

と言うので
「困ったなあ」

と応じると
「じゃあ、やだ」

と言われてしまった。

「お返しはやっていいことにしようか」

と答えたら
「お返しありならいいよ。お返ししても先生怒んないでよ」

としぶしぶ座ってくれた。

勇と並ぶ真弓は、いつも笑っている心優しい女の子で、自分から希望して座ることになった。

席替えして三日目である。小さないざこざはあるようだが、わたしが出ていかなければならないもめことは今迄なかった。子供達は実によく言い争う。いちいち取り上げていたら切りがない。ということもあるが、わたしは一年生の時期に言い争う経験を沢山積むことも大事な学習だと思っている。口下手な子は口下手同士でもいいから言い争う経験を積んでほしいと思っている。という理由でわたしは子供達の言い争いを笑いながら眺めていることが多かった。

今日も麻美のグループは言い争っていたがわたしは止めなかった。精一と勇が盛んに、麻美に早くしろと急かせる。麻美は指先に力を入れ、しっかり指を伸ばしてする作業に馴れていないから苦心しているのに、角と角をぴったりとは重ねられない。何回もやり直しを命ぜられていた。

「先生が角と角を重ねろと言っただろ」

「重ねてるもん」

「重なってません。重ねるというのはこういう風にするんです、な、精一君」

「オレが折ってやるからこっちへ寄こせ」

精一が手を出すと、麻美はその手を思い切り叩いた。

「やだ、麻美ちゃんがするもん」

わたしは、精一も叩き返すかなと思ったが、手は出さず平然として言った。

「お前のはめちゃくちゃ折りじゃないか。先生の言うこと聞かないとい

普通の子になる約束する

けないんだよ。な。勇君」

「麻美はよォ。いつだってそうなんだ」

「そうだよ。いつだってな。下手くそめ」

「麻美ちゃんなんかいいんだもん」

「又、自分のことちゃんて呼んでやがる。先生が、いけないって言っただろ。こいつ、自分にはちゃんをつけるくせに、俺達には君もちゃんもつけないいんだもんな。俺なんかイサムって呼びつけしやがんの」

「お前だってマミって呼びつけした。バーカ。アホ。クルクルパー」

「どっちがバカだ。何だって出来ないくせに。バカ。アホ。ベートーベン」


勇に続いて精一も言った。

「ジャジャジャジャーン。バカの一つ覚えのベートーベン」

二人は〝ベートーベン〟〝ベートーベン〟と繰り返し囃し立てた。

お父さんの尊敬するベートーベン、舌を噛みそうなこの名を口にすると自分も偉くなったような気がしたに違いない。大人達の前でジャジャジャジャーンっと言うと、誰もが褒めてくれ、中には〝おじさんも知らないのを麻美ちゃんはよく知ってるね。すごい。テンサイ〟と言ってくれる人もいた。幼稚園の先生も友達も——。それが今、その名で囃し立てられている。

「イイーだ。勇も精一も大嫌いだ」

麻美は両手の人指し指で口を横に開けて睨んだ。

精一と勇は、わたしが見ているのに気がつくとにやりとし、麻美の仕草を無視して下を向いた。後から気づいた麻美も下を向いた。

あれから、二分はたっていない。

麻美は細い腕を組んで脚を踏んばり仁王立ちして目の前の精一を睨みつけていた。小さな目は真っ赤に充血している。下唇を噛みしめ精いっぱい虚勢を張ったその姿は、痛々しくそしてわたしにはかわいらしく見えた。教室は静まり返った。衆人監視の中、麻美は同じ姿勢を取り続けた。そのうち真っ赤な目から大粒の涙がぽろぽろと噴き出てきた。麻美は涙を拭うこともせず腕組みをし続けた。子供達は声も出さず見ていた。子供達には麻美の姿は壮絶な姿と見えたことだろう。

「麻美ちゃん、どうしたの?」

わたしは声を掛けた。声を掛けられて麻美は崩れるように椅子にへたり込むと机に突っ伏して大声を上げて泣き出した。

「あっのっねっー、あっのっねっー」

しゃくり上げながら説明しようと努力しているのだが嗚咽のために言葉にならない。精一と勇は二人共、べそを掻いてかしこまっている。

「僕達、角っこを合わせて早く折るように注意して上げたの。そうしたら」

麻美が突然叫んだ。

「あんなの注意じゃない。あんなのは注意って言わない」

一気に言うと、又、しゃくり上げ始めた。上目使いにわたしを見るのはいつもの通りだ。

「じゃあ、どうしたっていうの」

「いじめたのォ」

急に口調を替え、麻美は甘えるように訴えるように言うと真っ赤な目で、じっとわたしを見詰めた。

「違います。僕達いじめていません」

「いじめたじゃん。あたし、見てたもん。アホとかバカとか言ったよ」

真弓だった。

「それから、ジャジャジャジャーン、ベートーベンのバカの一つ覚えとも言った」

「うん、言ってた。言ってた。あたしも聞いた」

「あたしも聞きました」

真弓ばかりでない回りの子供達に応援護されて麻美は元気が出てきたようであった。甘え声で言った。

「先生、ね、八木先生、八木先生は一人の人をたくさんの人でいじめていいと思う？　そんなやり方ってないでしょ。ね。八木先生、そうでしょ。」

一年四組でこういう言い回しが出来るのは麻美ぐらいである。二人のことを沢山と表現したのも麻美らしい。

子供達の間では、特に女の子は泣くが勝ちで、子供達は泣かせた子を理由も聞かず、〝いじめた〟〝泣かせた〟と悪者にし囃し立てるのが常である。体験からそれを知っている精一と勇も定石通り悪者にさせられて、こちらも目を真っ赤にし、おろおろしている。回りに集まってきた前後左右の級友に、そしてわたしに向かって
「違うの――。違うんだよォ。僕の話聞いて――。あのね――」

と話そうとするが上ずって頭が混乱するのか満足に話せない。あの迫

力あるかわいそうな姿に、自分達はとても太刀打ち出来ないと弱腰になってしまうのだろう。外野席では、あのあたりを払う勇姿をまざまざと目に焼きつけた子供達が正義の味方とばかりに言う。

「精一君や勇君が悪いと思います」

「あたしもそう思います」

わたしは、野次馬根性旺盛な子供達を席に着かせた。

「バカ、アホって先に言ったのは麻美ちゃんです。だから、お返ししました。だって、先生がいいって言ったんだもん。そしたら、先生に見つかってしまって――。休み時間なら言ってもいいけど、授業中はまずいから静かにしましょうした。それなのに、麻美ちゃんは、何回も何回も、小さな声で〝お前なんか死んじゃえ、死んじゃえって〟――」

勇はそこまで言うと声を殺して泣き出してしまった。嗚咽で続きが話せない。精一も泣いている。

「ああ、三人共泣いちゃった」

子供達は顔を見合わせ静かに笑った。

「精一君、泣いていたって分からないから続きを説明してよ」

わたしに促され精一はゆっくり立った。

「麻美ちゃんがね、あんまりくどくど言うから、僕がね〝そんなこというとジサツシャになっちゃうから〟って言ったらね、急に麻美ちゃん怒っちゃったの」

精一は泣きながら、どうして、麻美が怒ったのか分からないという素振りなのか首を傾げて話した。これはどういうことだ。自殺してしまうのは精一か勇のはずだ。

「麻美ちゃん、あなた精一君や勇君に自殺されると困るから、あんなに怒ったの？」

麻美は泣くのを止め、わたしを見た。わたしの言っていることが分からないらしい。子供達のきょとんとした顔、顔、顔。その顔が、わたしをじっと見上げている。

「違うよ。先生、ジサツシャって人を殺す人だよ。一等悪い人。人殺し」

「そうそう、ジサツシャって人殺しのことだよ、先生」

きょとんとした顔は急に、ほっとした表情に変わり、回りの友達といつもの儀式、な、な、のサインを送り始めた。

「人殺しなんて言われたら誰だって怒るよな」

の声もする。

普通の子になる約束する

今度は精一がきょろきょろする番だ。わたしも精一と同じ心境だ。

「ジサツシャって人殺しのこと？　そうだと思う人？」

わたしは手を挙げさせた。

周りを見回しながらつられて挙げた子もいるが、ほとんどの子が手を挙げた。麻美も、勇も挙げた。

「精一君は手を挙げなかったけど、人殺しと思わないの？」

「僕、自殺って、自分で死んじゃうことだと思ってた」

自信なげに言った。

「そうですよ。精一君の言った通りよ。自殺は人殺しのことじゃありません。麻美さん、あなた人殺しって言われたわけじゃないのよ」

「なあんだ。そうだったのか」

「ジサツって人殺しのことだと思ってた」

子供達は互いに口に出し確かめては笑い合った。


休み時間、わたしは出来上がった貼り絵を教室の後ろの壁に張る作業をした。みんなで作った鯉は真っ直ぐに切れてなかったり、ノリの量を使い過ぎていたりする拙さが幸いして味わいのある作品に仕上がっていた。作品展示用の固いベニヤ板は、押しピンをなかなか受け入れず、わたしは苦労して模造紙を止めた。体重のあるわたしは狭いロッカー上での、この作業が苦手であった。足元を気にしながら貼り終え、降りるといつものことながらほっとした。数人の子供達がわたしのすることを窓からじっと見ている。お天気がいいから、外で遊んでいらっしゃいと言っても〝先生と一緒じゃないと嫌だ〟という女の子達であった。

二十分の中休みが半分過ぎたところだ。外に出ようか、教室で一息つこうかと時計を見ながら決めかねていると、廊下が騒がしい。

「麻美ちゃんが泣かした」の声もする。入学してこの方、一日とて「麻美ちゃんが――」と言われなかった日はない。一日どころか、毎時間、毎休み時間と言っても過言ではないかもしれない。泣かされたのは隣りのクラスの山中愛だった。大柄で色白の子。服装は紺とかブルーを基調にした地味なものなのにそれが色白に映えて、おとなしい性格なのに目立つ子であった。その子のお下げを「ブタの尻尾」と言いながら麻美が引っ張ったのだと言う。三つ編みはほどけ、波打つ髪がだらしなく見えた。わたしは騒ぎ立てる野次馬を外に出し二人だけを教室に入れた。山中愛の三つ編みを編み直してやりながらわたしは麻美に訊いた。

普通の子になる約束する

「山中さんとお友達になりたかったの?」

「違う。お友達なんかいらない」

「じゃ、どうして髪を引っ張ったの」

「どうしても」

「あたし、なんにもしてないのに、この子あたしの髪引っ張ったの」

山中がしゃくり上げながら言う。

「髪を引っ張ったら痛いのよ。あなたには分からないの?」

わたしは麻美の短い髪を引っ張った。麻美は恨めしそうな上目使いでわたしを睨みつけた。

「あなたの髪は短くて引っ張れないわ。山中さんのは長くて引っ張りやすく、とても痛いのよ」

「痛くなんかないもん」

「あなたのは短いから痛くないの。でも山中さんのは痛いのよ。ほら、見てごらんなさい。ここのところ赤くなってるじゃない」

わたしは山中愛の頭を抱いて、薄赤くなっている地肌を麻美に見せた。麻美は顔色も変えず覗き込んだ。

「痛そうでしょ」

「痛くなんかない」

「山中さん、痛くて泣いてるのよ。ごめんなさいって謝りましょ」

「痛くなんかないもん」

私は腹が立ってきた。麻美の手を取ると
「この手がしたのね。この手が悪いのね、先生叩くわよ」

わたしは二本の指で麻美の手の甲を叩いた。

麻美はわたしを恨めしそうに睨んだ。

「痛かった？　先生謝る。ごめんなさい。愛ちゃんも痛かったのよ。ごめんなさいって言いましょ」

「嫌だ、麻美ちゃん痛くったって平気だもん」

次の時間、わたしは黒板に〝なかよくしましょう〟と大書した。仲良くしていると、どういう良いことがあるか話させた。子供達は〝一緒に遊ぶと楽しい〟とか、〝優しくしてもらえてうれしい〟とか、〝いじわるされる心配がないから安心していられる〟という類のことをそれぞれ言った。麻美はその間、叩かれた手の甲とわたしを見較べては擦っていた。

普通の子になる約束する

話し合いは〝だれとでもなかよくしよう〟となった。静子が
「麻美ちゃんとも仲良しになりたい」

と言い出した。

「麻美ちゃんが傍に来ると、いついじわるされるかと心配で胸がどきどきしてしまう。どきどきしたくないから、仲良くしたい」

と。ところが、悦子が
「先生、ほかの考え」

と挙手した。

「今のままの麻美ちゃんとは、仲良くなんかできません。もっと優しくなったら仲良しになってあげます――」

と言う。

悦子の意見に、「そうだよ」の声もあちこちから出た。その時、勇が、

「麻美ちゃんの好きな人、手を挙げてぇ」

と節をつけて言った。××の人、手を挙げてというのが幼稚園で流行していたらしい。わたしは「はーい」と大きな声で挙手した。子供達は
「いくら先生が挙げても、な」と言い合い、誰も挙げなかった。静子は胸のところまで挙げかけたが降ろしてしまった。麻美は教室を見回し、

寂しそうにわたしの顔を見ている。

「あなた達どうして挙げないの?」

「だって、好きじゃないいんだもん」

「ね」

「ね」

とそれぞれが級友を見回す。

「麻美なんか好きになれないよ」

「麻美さんのいいところ、分かんないかなあ。ねえ、誰か気づいた人いない?」

「シラー」と言う子がいた。机をパタパタ叩いて体を前にのめらす子もいる。

「麻美ちゃんに良いところなんてあるはずないよ。捜したって無理。無理」

「そうだよ。無理だよ、先生」

「そうかしら、先生は知ってるわよ。麻美さんのいいところ」

「へえ、いいところなんてあるの?」

「あるかなあ。なんだろう」

「ないよ、いくら捜したって」

「先生、教えて」

「悪いところなら、いっぱいあるけどね」

わたしは時間を稼ぎながら長所を捜した。麻美の長所は短所でもあるものばかりで、子供達の前には出しにくい。

「この間、麻美ちゃんおたまじゃくし持ってきてくれたじゃない。水を容れた水槽、家から学校まで持ってくるのたいへんだったと思うわよ。水を容れとかないとおたまじゃくしが死んじゃうし、死なせないで学校まで運ぶのって水がこぼれそうでたいへんなのよ。水はピチャピチャはねるでしょう」

「そうだよ。麻美ちゃん、水こぼして、洋服濡らしちゃったんだよ、な」

「うん、見た見た。濡れてた」

ビニール袋に入れてくればよかったんだ等と言う子はいない。今、教室に、そのおたまじゃくしがいないことも詮索しない。というのは麻美がおたまじゃくしを持ってきたとき大騒ぎしたのだ。持ってきた水槽は校庭側の丈の低いロッカーの上に置かれた。そこにはかたつむりや、金魚の飼育箱もあった。子供達は自由にそれらを触っていた。麻美が持って来た〝おたまじゃくし〟もその仲間に入れて、子供達に観察してもらえると喜んだのだが――。麻美は子供達がおたまじゃくしを見ようと寄ってくると

「麻美ちゃんのおたまじゃくし」

と両手を広げて通せんぼする。わたしの注意でなんとかそれはしないようになったが、子供達が手で触ろうとすると

「触っちゃ駄目‼　死んじゃうでしょ‼」

と怒鳴り付けられる。金魚や、かたつむりを見に行く子がおたまじゃくしを触るのじゃないか、触ったら承知しないぞ‼　という構えを終始崩さない。難くせをつけられる子供達は〝おたまじゃくしをどこかにやって〟と言い出した。麻美も〝持って帰りたい〟ということになって三日ほどして持ち帰ったのだった。

「――ね。麻美ちゃんにも良いところあるでしょ」

子供達は澄んだ目でわたしを見上げ、かわいく頷いている。

「だけど、もっと良い子になってもらって仲良くしたいのね。麻美さんにどうなってほしいの?」

普通の子になる約束する

子供達は一斉に手を挙げた。わたしは端から順に指名していくことにした。

「何もしないのに蹴とばさないでください」

「ぶたないでほしい」

子供達は指名されると何か要求した。麻美は机の上に長々と両腕を投げ出し、俯していた。わたしはその彼女の机に顎を乗せ、○○さんがこう言ってるけど――と伝えた。麻美はそれに対して、

「何言ってんのよォ、自分だって蹴とばしたくせに」とか「麻美ちゃんをバカにしたからだ。仕返ししたんだ」とか「幼稚園からやってんのに止められるか」とか「怒らずになんかいられないよ」と応じた。「髪を引っ張らないで」と言った子には「短く切っちゃえ」と言った。「頬を抓らないで」と要求した子には「かわい子ぶるから抓ったんだ」と応じた。

わたしは、この小さな女の子が間髪を入れず即答していく能力に驚いていた。理不尽なことが多いとはいえ、その答はどれもが、麻美の正直な吐露であることは明らかであった。いたずらをした後、〝どうしてそんなことするの?〟と問うても、いつでも〝どうしても〟以外は答えな

かった麻美。わたしは名前も書けない子だもの、自分の心を見詰めるのは無理なのだと思っていたのだが——。それにしても、その答が、一昨年迄わたしが勤めていた中学の非行少年少女のそれと全く同じである事には驚きであった。

わたしの口を通して聞く麻美のつぶやきに同年令の子供達は、ある時は怒り、ある時は声高く笑い合った。「頬をぶたないで」に「ブタはブッタっていいの」と応じた時には机を叩いて笑い転げた。そして級友は『変なことばっか言ってバカじゃないの、とか、やっぱバカだったんだ』を連発した。バカバカという声を笑声と共に麻美は背中で聞いているはずだ。

わたしはこんなことしていいのか、他に方法はとさぐりながら、どうまとめようと苦慮していた。しかし、麻美の即答は続いた。「べんきょうのじゃまをしないで」に「どうせバカだもん。じゃまするのが麻美ちゃんのべんきょう」と応じ、これも爆笑だった。指名も残り少なくなると先程は意見ありと手を挙げた者も手を降し、パスする者も出だした。正一は高々と手を挙げ続けた。女の子で一番手の掛かるのが麻美なら、男の子では正一だった。近所でも評判のいたずらっ子だそうで、名

普通の子になる約束する

指しで学校に苦情電話が来る。総ての点で麻美とよい勝負、麻美は小柄な女の子で気迫で勝負しているが、正一はおっとり構えて体力で勝負している。澄ました顔であるいはほほ笑みながら、プロレスの技を自分より弱そうな子に掛けて回る。学習らしきことは体育を含めて級友に後れを取るが野次馬根性は見事なもので騒ぎのときはいつもいつの間にか一番前にいる。入学して、一ヶ月しかたってないというのに、まともな教科書は一冊もない。今朝もわたしに叱られた子だ。その正一が言った。

「あのネ、麻美ちゃんにネ、他の人より良い子になってほしいなんてネ、ぜんぜん思わない。だけどネ。普通の子になってほしい」

わたしは不覚にも吹き出してしまった。それはもう、全く、正一にも言えることだったからだ。もしかしたら正一はそのように誰かに言われたのかもしれない。それにしても何と的確な意見だろう。普通の子は良い子と思っているわたしには思いおよばぬ意見だ。わたしは正一のさわやかな屈託のない顔と麻美とを交互に見てはなんともほほえましい気持ちになった。自分が声を出して笑ったことで、こんなことを言わせ続けていいのかと後悔していたのがいささか癒された気にもなった。

麻美の背中にアップリケされたＭＡＭＩもわたしの目を射る。白いトレーナーの上に赤地に白い小人が踊る布で背中いっぱいにＭＡＭＩと実に細い針目でアップリケされている。葉桜越しの日差しが風に揺れ、俯した麻美の背中で小人が踊っている。

「先生、麻美ちゃん何言ってるの」

勇が言った。わたしは又、しゃがんで机に顎を乗せた。

「そんなら出来る」

「え？」

麻美は繰り返し言った。

「そんなら約束出来る。フツウの子になる」

わたしは思いがけないその言葉に息を飲んだ。〝普通の子〟とは——という詮索はすまい。麻美が友達の要求を聞き入れたということに胸を打たれた。不貞腐って聞き、そして答えているとわたしはどこかで思っていたようだ。

麻美は友達にどれ程こっ酷く言われようと、今のところは反省しないだろうと。そう思う一方で麻美を晒し者にして申しわけなく思い、かわいそうでならなかった。

ただこれ以上嫌われ者にしないためどう手を打てばいいのか、この時

普通の子になる約束する

間をどう切り上げるのが子供達にとってベストなのかと気を揉んでいた。

そんな時の麻美の思いがけない言葉に、わたしは感傷的になった。

「ねえ、聞こえた？」

隣りの勇にも聞こえないのに、他の子が聞こえるはずがない。わたしは涙声になってしまった。

「麻美さん、普通の子になるって」

教室は静まり返った。二三名が〝意外〟という顔をした。今まで、ひとの言うことに、ハイっと言ったことのない子だということは子供達もよく承知していた。友達同士で互いに目を大きく開いて見詰め合い、無言の会話をしている。間を置いて、口に出して言った。

「ほんとうに言ったの？」

「うそだあ」

「麻美がそんなこと言うはずないじゃん」

「先生、ほんとうですか」

「ほんとうよ、麻美さん、立って、みんなに聞こえるように大きな声で言ってちょうだい」

麻美は、机に両手をついて、しぶしぶ立ち上がった。天井を仰いで
「フツウの子になる約束する」

と言い終わるや大声で泣き出した。耳を澄ませて聞いた子供達は顔を見合わせて互いに言った。

「ほんとうだった」

「ね。麻美さんはみんなに約束出来て偉いわね。あなた達は、友達にあんなにいろいろ言われたら、麻美さんのように素直に約束出来ますか。誰が約束なんかするかって思わない?」

「思う。思う」

「返事なんかしてやりたくない」

「ぼくなんか、絶対しない」

「返事しないように頑張っちゃう」

「そうでしょ。でも麻美さんは、あんなに沢山、言われたのに、普通の子になるって言ったのよ。いい子でしょ。麻美さんも約束したのだから、みんなも麻美さんに優しくしてあげてね」

子供達は大きく頷いた。

そして、男の子達は、あちこちで麻美の泣き声に唱和するようにもらい泣きしてすすり泣く女の子の数を、右に左に体を回して数え始めた。

——あとがきにかえて——

わたしの履歴書

四十余年前——。わたしは鹿児島県立短大を卒業し、鹿児島の南端坊津町の久志中学に国語教師として赴任した。

教師の娘として東京で生れたわたしは、学童の強制疎開が話題になり出した終戦の前の年に両親の出身地である鹿児島に行き、川内、伊集院と父の勤務先に応じて転校。新制中学には枕崎で入学した。旧制中学の国漢の教師であった父が、枕崎の新制中学に勤務することになったのだ。わたしは中学、高校の六年間を枕崎で過し、二年間を鹿児島市で過して坊津に赴任した。

わたしは学校と一キロメートルと離れていない旧家に間借りした。夜になると

「勉強バ、イッカッシャイ（教えて）」

と懐中電燈を持ち、登校カバンと共にぞろぞろやって来る生徒達。小学生や高校生が混じっていたりもした。彼、彼女達はふざけるだけで叱られに来たようにして帰って行くこともあれば、真剣に問題集に取り組

んでいることもあった。そんな時は道路を隔てただけの磯に打ち寄せる東支那海の単調な波の音だけが聞えた。

生徒を部屋に迎え入れても、場の提供だけの日もあった。というのは、わたしは生徒を置いて先輩の教師宅にもらい風呂に行ったりしたからだ。オナゴ先生の住居が近くにあって、遠慮して行かないでいると、暗い夜道を同居しているお母様が出向いて来て

「先生、オイヤッナ（いらっしゃる?）風呂入イケ、ハヨキヤンセオ（早くいらっしゃいな）」

と声を掛けてくれるのだった。夕飯も何回御馳走になったことだろう。女子師範出のお洒落な先輩は年の差を感じさせないありがたい先輩だった。

一年と二年が四学級ずつ、三年は三学級という中学にしては小規模で、女教師は二人だけ。今、想い返してもよく面倒を見ていただいたと思う。

今、自宅に新米教師を招き入れる先輩教師は全国にどのくらいいるのだろう。初任地での経験がそれからの教師人生を左右するのは確かで、せっかく能力を認められて採用されながら教師としての限界を感じて退

めて行く者も、後輩を自宅に招き、悩みを聴き、自分の経験を話してくれるような先輩にめぐり会っていたら、良き教師として再出発出来たかもしれない。しかしながら、そのような面倒見のよい教師を育てることは制度では出来ないのだろう。悩み多い教師の多い昨今、本音を吐き出せる場も相手もいない教師達。校長退職の相談員や教委おすすめのカウンセラーには相談しにくい事だろうに。

久志中は準僻地のため、中学の卒業生は進学先を鹿児島市内まで広げることが出来たので、難関校を希望する生徒もいたが、多くは玉川学園を選び、当時は進学希望者は全員進学することが出来た。従って生徒は伸び伸びとしていて屈託なく中学生生活を殆どの子が楽しんでいた。その分、教師側では発破を掛け続ける。学年主任が基礎教育徹底のため、始業一時間前、担任が主になって授業しようと言い出したときも反論する教師はいなかった。

生徒達には息抜きの場が沢山あった。図書費に当てるため農協や漁協に売却する春の茶摘みや、寒天の原料にする初夏の天草採りもその一例である。そういう場では生徒に指導されることもあったりして、青空の下で大声で喋りそして笑い合った。

わたしは久志中に四年と一学期間勤務し、結婚のため退職して横浜に移り住むことになる。


十年近い年月がたった。

次男が幼稚園の年長組になった。子育てが一区切りついた。もう一度教壇に立ちたい。でもフル勤務は困る、と思っているとき、新聞で障害児教育の記事を目にした。障害児教育の必要性を説き、公立小中学校の五年以上の教諭経験者で週四日勤務可能な者募集とあった。募集先は神奈川県教委である。わたしは五年に満たない経験しかなかったが、二十九名の中に入れてもらうことが出来た。横浜、川崎を含む全県で二十九名で三十五歳のわたしが一番年下であって、校長経験者も何人かいた。

当時、横浜には一校の養護学校もなく、県内でも公立の養護学校は五校あっただろうか。そんな中で修学猶予の児童生徒を家庭訪問して、母と子の指導に当たる、というのが仕事だった。三十余年前、重度障害児教育は緒に就いたばかり。二十九名は図書館に通い、指導事例報告を重ね、大学の先生や医学者、心理学者の講義を受けながら母と子に向き合うことになる。

採用通知を受け、サリバン先生の心意気でと志高く持ったつもりであったが、現実は思った以上に厳しく心身を酷使する場だった。

横浜地区では一人が八名ずつ受け持った。

障害は八人八色で指導法も一人一人変えねばならないのは勿論だが、この子にとって、私は最良の指導をしているか？　訪問指導教諭希望者は沢山いることだし、他の教師が指導すればもっと隠れた才能を抽き出すのではないか？　等と思うと気が滅入った。

知的障害が全く重度になると物を認識する力もないため、目は虚ろ、手、足も力なくだらりとしたままになる。このような児童の訪問指導はマンツーマンだけにほんとうに辛い。笑ってくれるだけでいい。おいしそうに食べてくれるだけでいいのに。わたしは母親の話を聴きながら、抱いている子の自分では動かすことの出来ない手足を動かしてやることしか出来ないのだ。

歩くことも、話すことも出来ない子供達が歩き、話した夢をわたしは何度見たことだろう。「ママ」と母親に声を掛けてくれたら、歩いてくれたら、母親達はどんなに歓喜するだろうという想いが夢の中で実現する。わたしは夢の中で「なんだ、ほんとうは歩ける子だったのね」と言い、「もう一回言って、センセイって。うれしい！　お母さんも先生もあなたが喋れないのをどんなに心配したか」等と言っているのだった。

担当の児童生徒にはさまざまな子がいた。自然観察や自分の気持ちを文学表現するのを得意とする子。絵を描かせると、こういう描き方もあるのかと魅せられる作品に仕上げる子。両親にこの子に学習指導は無理、教科書等いらないと訪問指導も最初拒否されたが、児童相談所の助言もあって指導に通ううち通学児と同じように教科書を読めるようになり、ぼくはさんすうがすきと、さんすうドリルをゲームのように楽しんで解くようになった子等々。本人の努力が、形として現れると親子は喜ぶし、わたしも、とてもうれしかった。

知的障害のある十歳の男の子に言語指導の導入にとシャボン玉吹きを取り入れた。言葉を話せない子の中には、ストローで水を吸ったりぶくぶく吐いたり出来ない子がいるのだ。無意識には息を口から吸ったり吐いたり出来ても意識しては出来ず、鼻息で吹きとばそうとする。意識して息を口から吐き出す練習をいかに楽しくさせるかを工夫する。ピンポン玉を息で転がして見せたり、民芸店で売ってる、吹くと動き出したり、膨らんだりするおもちゃを使ったりして。簡単に、口から吐き出せるようにはなかなかならない。鼻を摘んだり、おもちゃ使用も手を変え品を変え、幾日も掛けて、ある日突然、シャボン玉が吹けるようになった。男の子はぴょんぴょんはねて喜んだ。母親のところに走って行き、ア！　ア！　と叫びながら、青空に向かってふわふわと飛んで行く、透明で虹色に輝く大小のシャボン玉を指さし、消えてしまうと、又、あわてふためいて吹き、母親に見て！　見て！　のシグナルを送り続けた。それは、合格困難な学校に合格した子が狂喜するのと変わらぬ喜びようで、いまだにわたしの脳裏には親子で喜ぶ様子が一幅の絵として焼き付いている。

❀❀❀❀❀❀❀❀❀❀❀❀❀❀❀❀❀❀❀❀❀❀❀❀❀❀❀❀❀❀❀❀

十年たった。

四十五歳のわたしは障害児教育に携わる体力の限界を感じていた。それと教壇に立ちたいという想い、それから小説を書くためのテーマ捜しもしたかった。子供の頃から小説家になることが夢だったから。臨時採用の教師になれば同じ学校には長くても一年。多くの学校を回れる。そして多くの体験を基に小説を書こう。

教壇に立っていたのは二十年前、いささか厚かましいと思ったが、特殊教育の担任ならそれなりの指導が出来ると思い、その旨書き添えて履歴書と共に臨時採用教師に登録した。
四、五月の連休後、市教委から連絡があり横浜の外れの中学に面接に行く。面接に行くということは推薦してもらったわけで、校長のOKさえ出れば採用となる。
明日から来て、一、二年の国語の授業をと言われ、その性急さに面食らったが、うれしく承諾した。校長に早速カリキュラムを見せて欲しいと言うと、四十才を過ぎた教師が青臭いことを言うなと言われた。その一言でわたしにどんな指導を望んでいるか理解出来た。勤務するようなって分かったのだが、わたしの前に二人も採用され、実際に教壇に立ち二人共一両日で退めていたのだった。

わたしは任期中は退めなかった。

学校によっては、教室のPタイルが剥がされていたり、カーテンが二、三センチ巾で見事に裂かれていたり、時計やガラス窓が割れたままであったりした。授業中断りもなく教室を出入りしたり、廊下を走り回ったりする生徒。男の子の膝に不自然な格好で上履きのまま足を乗せている女の子に降ろすよう繰り返し注意したら、松田聖子似のかわいい女の子は頬をふくらませ
「センコウは度胸あるね。アタイにタイマンハルキかよ」

と言った。苦行僧のような顔付きの優等生らしい男の子は慌てて
「先生、僕、いいんです。このままで」

と言う。今、始まったことでないことは、丁度上履きの踵の部分が当たる所の制服のズボンの照り具合で分かるが、念のため他の授業中は？と聴いてみる。どの教師の授業でもそのようにしているという。そして、誰もイチャモンは付けないと。教師達のプライドはどこに行ったのだろう。妻子のために我慢しているのだろうか。

授業も終わる頃になって男子生徒の数名が入って来た。殆どの生徒は空席に座ったがその中の一人が、教壇目がけて巨体の肩を上下させながら来、

「初めてのセンコウだね。ご挨拶を‼」

と言われ、自己紹介されたときは映画の一シーンのようであった。教室は静まり、異様な雰囲気の中、全員がわたしを凝視した。わたしは

「よろしくね」

と応じ授業を続けた。

その生徒はパンチパーマを掛けていた。休み時間、多くの手下に囲まれ、机に上履きのまま両脚を乗せふんぞり返っている彼に近付き
「君の頭、鎌倉の大仏様のようだわ、触わらせて」

と触ったら、なんとも気持ちよいクッションだった。

彼は足乗せ聖子ちゃんを「俺の愛人三号」と言った。

「君には何人の愛人がいるの？」

と問うと、取り巻きが一斉に彼の顔を覗き込む。彼はその中の一人に、顎を杓って
「お前言え」

と命じた。

「十人はいますよね」

と機嫌を窺うように応じると他の取り巻きが
「そんな数じゃないべ」

とか
「二十人はいるぞ」

とか
「女共、全員」

と言い出した。これが中学二年生の会話なのだ。

職員室でパンチパーマの手触りの魅力を話すと、居合わせた教師は顔を見合わせ驚き、二度とするなと注意された。手で振り払われただけで倒されてしまうと。彼は学校一のボスで、八十余名の教師中、彼を牛耳れるのは体格よく風格もある教務主任一人だけということを知らされた。

わたしにとっては教師としてのプライドを傷付けられたり、指導力を問われる辛さはあったが、ナンダ?ナンダ?という新鮮な驚きの連続と好奇心で登校拒否にはならずに済んだ。

生徒の異常性は日常になっていた。勿論、昔ながらの中学生らしい男の子、女の子もどの学校にもいるわけで彼等に接していると心が安らいだ。

教師達の多くは心痛の余りか胃をやられているのだろう、胃薬を飲む者がやたらに多いのに、自分の苦痛を訴える者は余りいず、生徒の口から「○○先生はだれそれに突き飛ばされた」等と聴くのだった。休講の

自習監督に行き、

「風邪でお休みです」

と言うと生徒達は
「そうじゃないべ」

と笑いながら言うのだ。ベテランになるほど自分の弱みを同僚にも見せまいとしている教師達。一人一人が、根深い問題を軽く受け止め、〝しょうがないいな〟程度にして置こうとしていた。教師同士の会話でも、どんなに手こずる生徒も、四、五年もすればまともなお父さんになり、お母さんになって落ち着くと言った。実際にそうであった。

とんでもない聖子ちゃん達や色様々に染められた頭髪だらけだった学校に二、三年後、再び着任すると、学校全体が落ち着いた雰囲気に包まれ、授業中、廊下を走り回る生徒等一人もいない学校になっていて、違う学校に来た錯覚さえ覚えたこともある。ということはその反対もあるということだ。

月日は流れる。

校舎も街並みも何事もなかったように見える。しかし、かつてそこで被害に遭った生徒、教師は無論、その家族の一生まで左右されているかも知れないのだ。

中学では進学問題も深刻である。親は進学を勧めるのに、子供はふてくされていたりする。わたしは十年間、付き合って来た障害のある子供達が、どんなに一生懸命生きているかをよく話した。自分の足で学校に来、自分の手で鉛筆が握れる事がどんなにすばらしいことかと。いつ迄生きられるかわからない難病に苦しみながら自分達は中学生なのだ、同じ中学生に負けてはならじと学習に励む子の話に多くの生徒は関心を示す。生徒の中には、休み時間も呼び止めて、もっと頑張っている子の話をしてくれとせがむ者もいた。

そういう生徒の中に高校進学はしないつもりだったけど、親の望み通り進学してみようかという子がいた。勉強を見てくれという。「いいわよ。ではまず、小学校の漢字マスターから」と、小学校六年間で習う漢字表を渡した。月曜日、土、日に学習したというノートを「俺ってすごいだろ」って渡された。頷きながら手に取りペラペラと捲ると、びっしり書き込まれている。教師というのは生徒の努力の成果を見るのが何よりうれしい。だが、赤ペンを入れようと目鏡を掛けて見直し、胸が痛くなった。赤ペンが入れられない程、誤字だらけだった。間違った字をこんなにも沢山書くなんて。土曜日は徹夜したと言っていた。自分を励ましながら頑張ったのだろうが、全く文字通りの水の泡ではないか。ノートを真赤にして返すことはわたしは出来なかった。少しでいいから一画一画手本通りに書くように助言し

「これからもノートを提出してね」

と返した。彼は、何日たっても誤字に気付いてくれない。わたしは正しい字だけに赤丸をして返していたのだが彼は

「どうして他の字に丸をしないの?」

と言う。線が足らなかったり多過ぎたりするのを指摘すると

「それぐらいいいじゃん」

と来る。中三で受験前だというのに小学一年生でも出来る視写が出来ない。九年間この子は学校で何を学習して来たのか。話しぶりからしても普通の子、知能が劣っているようには見えないのだが。胸が詰まる。算数も国語も社会も理科も、小学校での基礎が出来ていないと中学校の教師は嘆く。

そうだ小学校の教師になろう。わたしは通信教育で小学校の免許を取

ることにした。その昔、父はわたしに小学校の教師になることを勧めた。当時、父はマンモス中学の校長で学校での出来事を家族にもよく話していて、わたし達は中学教師の大変さを知っていた。わたしは地方国立大学の教育学部小学部を受けさせられた。そして、短大国文科は自分の希望で。二校共合格した。父は娘は当然教育学部に行くものと国大の入学式に参列したが娘がいないので驚いたようであった。わたしは小学校の教師にはなりたくなくて短大に入学してしまった。そんな経緯もあったが、小学生を教えてみたいと無性に思った。

早速、玉川学園に手続きを取り、レポートを出しては、土、日のテストを受けに町田に通った。小学校で四週間の教育実習もさせてもらい、小学校教諭の免許を手にすることが出来た。

念願適い、四月から小学一年生の担任になったとき、わたしは中学一年を担任した二十余年前より興奮していた。なにもかもが目新しく、児童の一人一人が愛しかった。喋り方も、泣いているところも、怒っているところ拗ねているところ迄かわいいと思った。わたしは毎日の出来事を中学での教師仲間に電話した。話さずには居られないぐらい感動の毎日だった。

四十五歳から十二年間に、中学校四校、小学校九校に着任したが、小学校一年生を担当したときが一番楽しかった。四月から三月までの一年間通しての一年担任を二回、短期間を入れると五校の一年生を受け持ってこその二編の作品だが創作も入っていてノンフィクションではない。

今、小学校でも学級崩壊が問題視されているが、わたしも実際に目にして来た。小学校でも入学早々からの学級崩壊もある。かわいい子供が親のあずかり知らぬ所で暴君になっていたりする。問題点は様々であり、解決法も様々だろう。しかし案外、たやすく解決出来る場合もあるに違いない。というのは低学年ほど親同士の話し合いで解決しやすいと思うからだ。中にはそう簡単に解決しない場合もあるだろうがそれが高学年に持ち越されるともっと解決しにくくなる。

今、教師の仕事で一番、重いのが、苛められっ子対策だと思う。小学一年生でもヒロシのように苛めに苦しんでいる子がどんなに多いことだろう。教師や親を含め大人達の力で助けてやって欲しい。

わたしは教師として沢山の児童、生徒と付き合って来た。あまりにも沢山で全員を覚えているわけではないが、教師冥利に尽きる体験を多々させてもらった。教師冥利それは何かというと、教え子から感動を与えてもらうことである。本書二編も感動したからこそ書いた作品だが、わたしの受けた感動をいくらかでも伝えられたらうれしい。

躍る日差しの中の子供達

2001年2月15日　初版第1刷発行

編著者　吉見　侑子
発行者　瓜谷　綱延
発行所　株式会社　文芸社
〒112-0004　東京都文京区後楽2-23-12
電話　03-3814-1177（代表）
03-3814-2455（営業）
振替　00190-8-728265
印刷所　株式会社平河工業社

ISBN4-8355-1361-4 C0093